ROMANS DE HENRI ZSCHOKKE.

LE GALÉRIEN,

ROMAN PHILOSOPHIQUE,

ET HISTORIQUE,

TRADUIT DE L'ALLEMAND SUR LA CINQUIÈME ÉDITION,

PAR THEIL ET GAERTNER.

TOME SECOND.

PARIS,

CHARLES GOSSELIN, LIBRAIRE

DE SON ALTESSE ROYALE MONSEIGNEUR LE DUC DE BORDEAUX,

RUE SAINT-GERMAIN-DES-PRÉS, N. 9.

M DCCC XXIX.

DE L'IMPRIMERIE DE LACHEVARDIÈRE.

ROMANS

DE

HENRI ZSCHOKKE,

TRADUITS DE L'ALLEMAND.

TOME DIX-NEUVIÈME.

LE GALÉRIEN.

DE L'IMPRIMERIE DE LACHEVARDIERE,
RUE DU COLOMBIER, Nº 30.

LE GALÉRIEN

ROMAN PHILOSOPHIQUE

ET HISTORIQUE,

PAR HENRI ZSCHOKKE.

TRADUIT DE L'ALLEMAND

SUR LA CINQUIÈME ÉDITION

PAR THEIL ET GAERTNER.

TOME SECOND.

PARIS,

CHARLES GOSSELIN, LIBRAIRE

DE SON ALTESSE ROYALE MONSEIGNEUR LE DUC DE BORDEAUX,

RUE SAINT-GERMAIN-DES-PRÉS, N° 9.

M DCCC XXIX.

LE GALÉRIEN,

ROMAN PHILOSOPHIQUE

ET HISTORIQUE.

CHAPITRE PREMIER.

Lorsque nous fûmes réunis dans un salon qui donnait sur le jardin, l'Abbé tira un cahier de sa poche : — Voilà, dit-il, le récit d'Alamontade, rapporté aussi fidèlement que ma mémoire me l'a permis. Dans cette relation, je n'ai d'autre mérite que celui d'y avoir mis de l'ensemble ; ce sont les pensées et les propres expressions d'Alamontade auxquelles je n'ai fait que donner de

la liaison. Vous y trouverez beaucoup
de choses très peu développées, d'autres traitées avec plus d'étendue, selon
le degré d'importance que le narrateur
attachait aux évènemens du passé, ou
suivant les questions que je lui adressais.

Notre curiosité était portée au comble. C'était pour moi un problème que
je ne pouvais m'expliquer, qu'un ga-
lérien possédât tant de sagesse, tant
de connaissances diverses, ou qu'un
homme comme lui eût pu être condamné par un arrêt des tribunaux à
cette peine infamante et cruelle. Quoi
qu'il en soit, cet homme n'en sera pas
moins toujours un des prodiges les
plus merveilleux, et sa manière d'en-
visager le monde, le point de vue le
plus élevé. Quelle délicatesse de sentimens jointe à une gigantesque élévation
d'esprit! quelle vertu! quel héroïsme!
et en récompense quelle affreuse des-

tinée! Combien nous paraissent petits,
devant cette grande âme, tous ces fa-
meux héros de l'antiquité, qui ne doi-
vent notre admiration qu'à la verve
enchanteresse des poètes! Un esprit
comme celui de notre cher prisonnier
est au-dessus de tout ce que la poésie
peut imaginer de plus grand. Loin des
regards, sans prétention, et par cela
même d'autant plus noble, sa vertu,
hors de la portée d'une sensibilité ef-
féminée, n'était reconnaissable qu'à
l'œil de la raison. Le poète qui veut
toucher les cordes des sensations ne
contemple que les objets de la nature
sensible; ses dieux même empruntent
leur parure à l'éclat des couleurs.

Cependant je reprends mon histoire.
Dillon lisait auprès de la fenêtre, à
l'ombre d'une vigne dont le feuillage
se jouait autour de nos têtes. Jamais je
n'oublierai ce moment délicieux.

CHAPITRE II.

Un petit village du Languedoc fut le lieu de ma naissance et le théâtre de ma première éducation, me dit Alamontade. Je perdis ma mère de fort bonne heure. Mon père, pauvre paysan, ne pouvait guère, malgré toutes ses économies, me faire donner une brillante éducation. Il n'était pourtant pas à beaucoup près le plus pauvre du village ; mais, outre le dixième de ses vignes, de ses plantations d'olives et de ses produits agricoles, il était encore obligé de payer, en impôts et en contributions, la quatrième partie du fruit de ses autres travaux. Notre nourriture journalière se bornait à de la soupe de pain noir et des navets.

Mon père était accablé de dettes, ce qui le chagrinait beaucoup. — Colas, me disait-il plus d'une fois avec l'accent de la douleur et en mettant sa main sur ma tête, je vois périr toutes mes espérances ; malgré la sueur de mon front, je ne gagnerai point un cercueil exempt de dettes. Comment acquitterai-je la parole que j'ai donnée à ta mère lorsque je l'embrassai pour la dernière fois sur son lit de mort ? Je lui promis, par tout ce que j'avais de sacré au monde, de t'envoyer à l'école et de faire de toi un prêtre. Tu seras un journalier, et tu seras aux gages des étrangers !

Alors je faisais de mon mieux pour consoler ce bon vieillard, mais mes consolations filiales ne faisaient que l'affliger plus vivement. Il devenait de plus en plus malade, et il prévoyait l'approche de ses derniers jours. Souvent il jetait sur moi des regards affectueux où je lisais ses inquiétudes sur mon avenir, et les larmes amères du désespoir mouillaient ses yeux. Quand je le voyais, je quittais le jeu et je m'attachais à lui, car je souffrais de le voir pleurer; je me jetais à son cou, je baisais les larmes de ses paupières, et je m'écriais en sanglotant : — O mon père! ne pleure donc pas.

Quel peuple heureux pourrait habiter ces contrées où la terre fertile donne au cultivateur deux moissons chaque année, où l'olive et le raisin, échauffés par les rayons brûlans du soleil, mûrissent en abondance! Mais sur ce sol fécond végète une race opprimée : elle donne le fruit de ses

sueurs à des Évêques débauchés qui,
pour les souffrances d'ici-bas, lui promettent des jouissances éternelles dans
une vie à venir ; elle abandonne ce
qu'elle a gagné aux nobles et aux
princes, qui lui promettent en récompense de gouverner le pays avec sagesse et bonté. Un seul festin à la
cour dévore le produit annuel d'une
province, ce produit arraché à la terre
parmi des millions de soupirs, parmi
des millions de gouttes de sueur.

J'avais dix-huit ans quand je perdis
mon père. C'était un soir, le ciel était
serein, le soleil allait se coucher. Mon
père était assis devant la porte de sa
chaumière, à l'ombre d'un châtaigner;
il voulait encore une fois jouir de
l'aspect d'un monde qu'il chérissait
malgré tous ses maux. Je revenais de
la campagne. Il était très affaibli; j'allai
à lui ; il me serra dans ses bras : — O

mon fils! me dit-il, maintenant je suis
bien; j'ai bientôt terminé ma journée.
L'heure du repos arrive, mais je ne
t'oublierai pas. Je vais paraître devant
Dieu avec ta mère; nous voulons prier
pour toi au-dessus des astres. Pense à
nous, et sois fidèle à la vertu jusqu'à
la mort. Nous voulons prier pour toi;
Dieu te prendra sous sa protection.
Et ne pleure pas; car lorsque tu auras
une fois achevé ta journée, l'heure de
ton repos sonnera aussi. Alors tu vien-
dras nous rejoindre là-haut, ta mère
et moi. Ah, Colas! avec quel désir ardent nous t'attendrons là! et quelle joie
sera la nôtre si les trois cœurs heureux des parens et de l'enfant sont un
jour réunis devant le trône du Tout-
Puissant!

Le dernier rayon du soleil s'éteignait
aux cimes des montagnes; un fauve
crépuscule s'étendait sur le monde.

L'âme de mon père s'était dégagée de
la fragile enveloppe du corps ; sa dé-
pouille chérie était restée dans mes
bras.

CHAPITRE III.

Le fidèle serviteur (son nom échappe à ma mémoire) qui devait, d'après la dernière volonté de mon père, m'emmener chez M. Étienne, le frère de ma mère, à Nîmes, me prit la main. Lorsque nous traversâmes les rues sombres et obscures de la ville de Nîmes je tremblais, un frisson involontaire saisissait mon âme.

— Tu trembles, Colas! me disait le domestique, tu es pâle et sombre. Tu ne te trouves pas bien?

— Ah! m'écriai-je, ne m'amène pas dans ce labyrinthe noir et pierreux. Je

me sens saisi d'effroi comme si j'allais
mourir ici. Laisse-moi, j'aime mieux
être journalier dans ma patrie, toujours
verte et libre. Regarde, je t'en prie,
ces murailles : elles ressemblent aux
murs noircis des prisons ; et ces hommes, on les prendrait pour des criminels, tant ils sont inquiets et tristes.

— Ton oncle le meunier, me répondit-il, ne demeure pas dans cette ville ;
sa maison fait face à la porte des Carmelites : elle est libre et entourée de
prairies.

On attribue à l'âme le pouvoir secret
de pressentir sa future destinée. Lorsque je fus enveloppé dans cet horrible
malheur dont l'histoire a ému tous les
cœurs sensibles du monde civilisé, je
me souvins du trouble qui m'avait
saisi dans les tristes rues de Nîmes lors
de ma première entrée dans cette ville,
et je le pris pour un pressentiment.

L'homme même le plus éclairé ne saurait se défendre d'une crainte superstitieuse quand son espoir, près de s'éteindre, tâtonne en vain dans les ténèbres à la recherche d'un appui.

Cette impression que Nîmes avait faite sur mon âme m'était restée, et c'était bien naturel. Habitué à vivre dans la nature et avec elle, simple et solitaire, le mouvement et le bruit de cette ville m'effrayèrent. Ma mère m'avait bercé sous les rameaux de l'olivier, et j'avais rêvé mon enfance sous le vert crépuscule du châtaigner paisible. Comment pourrais-je vivre derrière ces murs étroits et sourds où la soif de l'argent a seule rassemblé les hommes ? Dans la solitude les passions meurent en silence, le cœur partage la tranquillité de la nature champêtre. Voilà pourquoi je tremblai au premier aspect de tant de figures humaines où

la colère et les soucis, l'orgueil et l'a-
varice, la prodigalité et l'envie avaient
laissé leurs cicatrices, où je lisais mille
passions diverses que ne démêle point
un œil habitué à les voir.

A la porte des Carmelites était la
maison de mon oncle, et près de là son
moulin. Le domestique, en me mon-
trant du doigt ce superbe édifice, me
disait : — M. Étienne est un homme
riche, mais c'est un malheur.

— Et pourquoi donc, un malheur?

— C'est un Calviniste, comme on
dit.

Je ne le comprenais point. Nous en-
trâmes dans le bel édifice; toutes mes
inquiétudes se dissipèrent à l'entrée.
Tout s'y présentait à mes yeux sous un
aspect aimable et calme, et je me trouvais à mon aise comme dans ma patrie.

Dans une chambre fort propre où
régnaient l'ordre et la simplicité, nous

trouvâmes la mère assise auprès d'une
table, et entourée de ses quatre filles,
dans leur printemps, occupées des soins
du ménage. Un garçon de deux ans
jouait, assis sur les genoux de sa mère.
La bonté, la tranquillité, étaient pein-
tes sur tous les visages. Toutes se tu-
rent et jetèrent leurs regards sur moi.
Mon oncle était debout auprès d'une
fenêtre, lisant un livre : déjà sa chevelure commençait à grisonner; mais la
sérénité de la jeunesse brillait encore
dans ses regards; toute sa physionomie respirait la piété.

Le domestique lui parlait : — Ce
jeune homme, Monsieur Étienne, est
votre neveu Colas; car son père, le
mari de votre sœur, est mort, et dans
la pauvreté... Il m'a chargé de vous
amener son fils, afin que vous lui ser-
viez de père.

— Sois le bien-venu, Colas, me dit

M. Étienne en mettant la main sur ma tête; je te servirai de père.

Alors sa femme se leva, me tendit la main et me dit : — Je veux aussi être ta mère.

Tant de bonté toucha mon cœur : je pleurais et baisais la main de mon nouveau père et de ma nouvelle mère sans pouvoir proférer une parole. A l'instant les quatre sœurs m'entourèrent en me disant : — Ne pleure pas, Colas; nous sommes toutes tes sœurs.

Dès ce moment j'appartins à ma nouvelle patrie comme si jamais elle ne m'eût été étrangère; je me croyais réellement avec une famille d'anges de paix dont mon père m'avait souvent parlé. Bientôt ma piété égala leur piété, mais jamais ne la surpassa.

On me donna des maîtres. Au bout de six mois M. Étienne me fit appeler, et reposant sur moi un regard plein de tendresse : — Colas, me dit-il, tu es pauvre; mais Dieu t'a favorisé de grandes dispositions. Tes maîtres ne peuvent assez me faire l'éloge de ton application et de la facilité étonnante qui te distingue de tous tes condisciples : c'est pourquoi j'ai formé le projet de te vouer aux sciences et de faire de toi un savant. Quand tu auras terminé à Nîmes tes études préparatoires, je t'enverrai à la haute école de Montpellier. Tu étudieras le droit, pour devenir un jour le défenseur de notre église opprimée. Je vois en toi l'instrument divin de notre délivrance, le protecteur de la croyance évangélique contre la cruauté et les persécutions des Papistes.

M. Étienne était un protestant caché, comme il y en avait des milliers à Nîmes et aux environs; il me fit embrasser sa croyance. Les Protestans étaient des citoyens laborieux, paisibles et bienfaisans; mais la haine du peuple et la fureur des moines poursuivaient les malheureux jusqu'au fond de leurs plus secrets asiles; ils vivaient dans des terreurs continuelles, et néanmoins cette inquiétude ne faisait qu'entretenir et attiser le feu de la piété dans leur cœur. Par contrainte et pour la forme, nous visitions les églises catholiques, célébrions leurs fêtes et avions dans nos demeures les images de leurs saints; mais ni cette condescendance ni l'active piété des persécutés ne pouvaient assouvir la haine des persécuteurs.

CHAPITRE IV.

Suspendu entre deux églises différentes dont je devais confesser l'une
en public, l'autre en secret, témoin
journalier des querelles amères des
deux partis, convaincu chaque jour
davantage que l'orgueil, la haine et
l'intérêt étaient, plus que la conviction
et la piété, les mobiles de ceux qui se
rangeaient sous l'étendard des deux
églises belligérantes, je devins insensiblement sceptique et hypocrite dans
les deux. Les raisons par lesquelles chacune attaquait les doctrines contestées
de l'autre étaient plus méditées, plus

fines, plus actives que celles dont on défendait ses propres doctrines révoquées en doute, ce qui m'apprit à me défier de tous les dogmes ; ceux-là seuls qui n'avaient jamais été contestés conservèrent à mes yeux leur autorité primitive. Toutefois j'eus bien soin de cacher à tous l'état de mon âme, afin de ne pas être en horreur à tous.

C'est ainsi que j'appris de bonne heure à me renfermer en moi-même. Dans mes momens de loisir, Dieu et la création étaient l'objet de mes méditations. La folie qui portait les hommes à se persécuter pour des opinions changeantes ou à se faire la guerre pour un coin de terre étroit, pour un titre de leurs princes, excita de plus en plus mon horreur et ma pitié. Tout jeune que j'étais, je me trouvais déjà malheureux d'être obligé de vivre parmi des êtres dont la manière de voir en

toute chose était différente de la mienne; je me voyais entouré de barbares
et d'hommes à demi sauvages qui n'a-
vaient guère plus d'humanité que ceux
dont nous abhorrons les sacrifices hu-
mains. Ces anciens Celtes, ces Bramines
ou ces Sauvages des déserts de l'Amérique qui faisaient à l'autel de leurs
dieux des sacrifices d'hommes, étaient-
ils plus cruels que les Européens mo-
dernes lorsqu'ils égorgent à l'autel de
leurs dieux (les opinions sont les dieux
des mortels) des milliers de leurs frères avec un zèle pieux?

Je déplorais le hideux spectacle de
mon siècle sans connaître aucun
moyen de faire disparaître cette grossièreté générale des peuples. Partout,
chez les mortels, la nature animale
triomphe; chez eux, comme dans chaque espèce d'animaux, la pâture, l'ap-
pétit des sexes et le désir de dominer

sont les plus puissans mobiles de l'activité : ce sont là les sources de l'union et de la discorde, de la prospérité et de la décadence des nations. *La vertu désintéressée, l'éternelle justice, la vérité indestructible*, sont plutôt devinées que reconnues et suivies ; leurs noms retentissent dans les écoles sans que souvent les maîtres eux - mêmes en aient approfondi l'essence... Que dis-je ! malheur à celui qui, animé d'un saint zèle, se permettrait d'obéir à leurs lois ! Il serait bientôt la risée du monde qui l'entoure et la victime de la folie générale. Était-ce donc là ton sort, ô Jésus-Christ ! modèle unique de grandeur et de sublimité ? Tes ennemis te méconnaissent ; mais combien plus encore, jusqu'à ce jour, tes partisans te méconnaissent-ils !

Le spectacle de ce monde m'était devenu insupportable. Je soupirais

après l'idéal de la noblesse et de la
perfection. A cet âge d'enchantement
où l'imagination, encore dans toute sa
force, enfante mille divers prestiges,
je ne pouvais manquer de me créer un
monde plus parfait où la vertu, la justice et la vérité se donnaient la main,
où la sensibilité avait transporté les
plus doux sentimens. Je devenais poète,
et, dans l'amertume de mes regrets, je
déplorais la décadence de Rome et de
la Grèce, qui semblaient promettre à
l'humanité un plus bel avenir, et
avaient si cruellement démenti les espérances du monde.

CHAPITRE V.

Les ruines de l'immense amphithéâtre à Nîmes, antique et superbe monument de la grandeur romaine, étaient ma retraite favorite. Lorsque je passais sous ces hautes arcades, entre les pilastres grisâtres, ou que je promenais mes regards sur les magnifiques débris du haut attique, il me semblait alors que l'esprit de la majestueuse antiquité errait autour de moi, m'embrassait, et me pressait en gémissant contre son sein.

Ici je m'arrêtais avec plaisir, mais jamais sans être pénétré d'un sentiment de tristesse. Ces restes de races d'hommes depuis long-temps anéanties devenaient pour moi un livre d'histoire. Les mains de plusieurs peuples ont réparé les dégradations de cet ouvrage de luxe romain. Les deux tours à demi ruinées qui couronnent l'attique, monceaux de pierres entassées sans goût et sans art, furent élevées par les vainqueurs de Rome, les Goths ; et ces cabanes de bois, là-bas dans la vaste arène, sont aujourd'hui les habitations de pauvres journaliers, de misérables ouvriers de fabrique... Quel changement des temps et de ceux qui les partagent !

Un soir que je m'abandonnais aux sombres rêveries que ce lieu inspire, j'en fus tout-à-coup distrait par les cris d'une femme qui appelait du secours ; il était déjà nuit sous le portique. Je descends précipitamment les marches

du second étage, et je vois une Dame
bien mise, luttant entre les mains d'un
homme du commun. Le bruit de mes
pas effraie le criminel, qui bientôt a
disparu entre les colonnes. Une jeune
fille, la chevelure en désordre, était
assise sur un bloc de marbre, tremblante et hors d'elle-même.

— Vous a-t-on fait mal? lui demandai-je.

Elle porta la main à sa tête : — C'est
un voleur, Monsieur ; il m'a arraché les
bijoux qui paraient mes cheveux,
quelques épingles à pierres fines, et
rien de plus. Je vous en prie, prenez-
moi sous votre protection. Je suis
étrangère ici ; la curiosité m'a fait
éloigner de ma mère et de ma sœur;
elles m'attendent dehors. Cet homme
devait me guider dans ce vaste labyrinthe et me ramener, et il m'a conduite dans cet endroit écarté.

Je lui offris mon bras, nous revîmes la lumière. O Clémentine!...

C'était une fleur de seize ans, tendre et belle. Elle planait à mes côtés comme une sylphide (1); je n'entendais pas sa marche. L'agrément, la fraîcheur, le spirituel de sa physionomie, étaient angéliques, et son regard, plein d'innocence et d'amour, pénétrait jusque dans le fond de mon âme.

Je tombai dans un trouble plein de charme. Jamais je n'avais éprouvé un sentiment si doux d'admiration et de confiance, d'inclination et de respect inexprimable. J'avais atteint l'âge de vingt et un ans et ne connaissais l'amour que par les tableaux des anciens poètes, et je le qualifiais du nom d'amitié passionnée, indigne d'un

_____

(1) Il y a dans le texte, *Luftbild;* mot à mot, image aérienne.

homme. Ah! qu'il était bien autre chose!

L'amour est la poésie de la nature humaine. Le sentiment de la beauté ennoblit la sensibilité grossière et l'élève jusqu'à toucher le spirituel; et l'esprit vertueux et indépendant se marie, sous le souffle enchanteur de la grâce, à la nature terrestre. C'est en ce sens qu'il est vrai que l'amour déifie la poussière, et fait, pour ainsi dire, descendre le ciel sur la terre.

Je marchais, et marchais toujours, machinalement, sans songer à ce que je faisais, et nous arrivâmes à la porte des Carmelites, où tout-à-coup je repris mes esprits.

— Vous êtes étrangère? balbutiai-je.

— Oui, Monsieur, répondit-elle; mais je crois que nous cherchons en vain ma mère et ma sœur. Connaissez-

vous la maison de M. Albertas ? c'est
là que nous demeurons.

— Je vous y conduirai.

Nous retournâmes sur nos pas. Quel
changement! les rues étroites et noires
n'étaient plus pour moi comme les
sourdes murailles d'une prison, mais
bien comme des nuées brillantes, et
les hommes y passaient comme des
ombres.

Nous ne parlâmes point. Nous arrivâmes à la maison ; on ouvrit la porte
avec joie. Toute la famille s'empressa
de complimenter la fille bien-aimée
qu'elle croyait perdue, et que les domestiques envoyés de tous côtés étaient
encore occupés à chercher. Au milieu
de mille caresses j'entendis le nom de
Clémentine. Elle m'adressa en rougis-
sant quelques paroles de remerciement,
qui furent répétées par tout le monde.
Pour moi, il me fut impossible de ré-

pondre. On me demanda mon nom.
Je m'inclinai respectueusement, et
quittai la société.

CHAPITRE VI.

Souvent j'étais à l'amphithéâtre, souvent mon chemin me conduisait dans la rue de M. Albertas. Je ne la revis plus ; mais son image planait sans cesse devant moi, et errait dans mes rêveries. Je perdais l'espérance de revoir encore la belle apparition, mais je n'en perdais point le désir ardent.

Pour la première fois alors je sentis que j'étais isolé dans le monde, et que je ne pouvais presser contre mon sein un être uni à moi par des liens sacrés. Je n'avais ni père, ni mère, ni frère, ni sœur. Chéri de la famille de mon

bon oncle, je ne me voyais pourtant
au milieu d'elle que comme un heureux orphelin ; et dans tous ceux qui
me comblaient de leurs bienfaits, je
ne voyais que des êtres au-dessus de
moi.

Le temps arriva où je devais être
envoyé à la haute école de Montpellier.
M. Étienne me renouvela ses souhaits,
et me conjura de ne pas tromper ses
espérances. Dans un excès de confiance
en mes jeunes forces, il me regardait
comme le futur ange tutélaire de l'é-
glise protestante en France.

Il me donna sa bénédiction. Toute
la famille m'entourait, les larmes aux
yeux en me voyant prendre congé d'elle.
Je promis de venir passer à Nîmes tout
le temps des vacances, et je partis
accablé de douleur.

De Nîmes à Montpellier il y a huit
bonnes lieues. Je cheminais à pied

sous l'ombre des mûriers, parmi des moissons dorées et de rians vignobles, en suivant la chaîne des coteaux sur lesquels les Cévennes grisâtres s'élèvent jusqu'aux nues; mais l'air était ardent et le sol brûlait sous mes pas. Après trois heures de marche, je tombai épuisé de fatigue sur les bords de la Vidourle, à l'ombre d'une jolie maison de campagne et de ses châtaigniers.

Je réfléchissais sur mes jours passés et sur mon avenir. Je calculais le temps que j'avais vécu et celui que, d'après la durée ordinaire de la vie, il me restait encore à vivre. Je trouvai quarante ans, et, pour la première fois, je tremblai de la brièveté de nos jours. Le chêne, sur la montagne, a besoin d'un siècle pour son développement, et un second, en expirant, le trouve encore debout, plein de vigueur et de sève, et l'existence de l'homme est si fugi-

tive! et pourquoi? Où faut-il qu'il aille
se perdre avec la foule de ses facultés?
Ce n'est point une longue vie, mais
une vie multipliée que la nature a lais-
sée aux mortels. Cette pensée me con-
sola : — Eh bien, pensai-je, encore
huit lustres, et, plus accompli, tu
seras où est ton père.

Je m'endormis insensiblement dans
ces pensées. Dans mon songe, j'étais
un vieillard ; mes membres étaient
pesans, mes cheveux gris. Ces milliers
de pores déliés et subtils par lesquels
le corps, sans s'en apercevoir, reçoit
du dehors sa force vitale et se nourrit
des élémens, se flétrissaient. En même
temps que se tarissaient pour mon
corps les sources de la vie, un mortel
engourdissement enchaînait la force
de mes muscles, et peu à peu se dur-
cissaient et se fermaient ces parties
tendres et délicates que nous appelons

organes. Déjà j'étais sourd au monde,
et bientôt mes yeux aussi s'éteignirent.
Tandis que la mort frappait ainsi mes
sens, les sens qui unissent l'esprit à la
terre, je ne percevais plus que de
faibles sensations ; mes idées, sans
consistance, traversaient mon esprit
comme des ombres, sans laisser de
traces ; et tout ce que les sens, dans
leur activité infatigable, avaient gravé
dans ma mémoire, s'effaçait. Mon
corps, ou plutôt mon cadavre, n'était
plus en mon entière puissance ; j'ou-
bliais le nom des choses et leur usage.
Des hommes me donnaient ma nourriture, m'habillaient et me déshabil-
laient, et faisaient avec moi comme on
fait avec les enfans. Je pouvais encore
parler, mais souvent les mots m'échap-
paient, et quelquefois je disais des paroles que personne ne comprenait.
Cependant je pensais et je sentais,

mais sans aucun regret de ne plus appartenir à la terre. Bientôt ma pensée ne se présentait plus revêtue de mots; ce n'était plus qu'un sentiment engourdi, tranquille et mâle de mon existence, tel qu'on l'éprouve dans ce sommeil où même on ne peut plus rêver. Cette existence éternellement uniforme, dans une absence complète de toute chose extérieure, n'était accompagnée ni de bien ni de mal. Il n'y avait aucun changement de pensée, partant plus de succession, plus de temps. En un mot, j'étais déjà mort depuis long-temps; depuis long-temps mes dépouilles corporelles avaient été rendues à la terre, et elles étaient pourries depuis des siècles. Ce n'est que sur la terre, dans le sein de la nature sensible où nous comptons les changemens des choses, qu'il existe des siècles; la succession des évènemens développe en nous l'idée de temps. Mais, dégagée de tout changement, il n'y a pas de temps dans l'existence.

Une sensation agréable, quoique obscure et faible, fit époque en moi. Mon âme, jusqu'à ce moment isolée, se sentit liée à de nouveaux organes, pour être dans l'univers active sur l'univers. Mes sensations devinrent de plus en plus distinctes, j'entendis un doux murmure, et je sentis un vent léger, glissant à mes côtés, me vivifier de sa fraîche haleine. Devant moi nageaient dans l'espace des rayons d'or éblouissans, et des nuées argentées s'y balançaient sous mille formes. Mes regards plongeaient étonnés dans la verdure brillante et diaphane des rameaux suspendus sur ma tête, et qui, semblables à l'air coloré, flottaient dans l'atmosphère pure comme le cristal.

Et par-dessus les rameaux et les nues, Clémentine, belle d'une beauté indicible, portant sur sa noire chevelure une guirlande de jeunes fleurs, brillait d'un éclat plus vif à mes yeux ravis.

Elle me souriait ; c'est ainsi que sourit l'amour dans son innocence. Elle détacha la guirlande qui parait sa tête, et la balança dans sa main tendre et délicate, et la guirlande tomba sur mon sein.

— O céleste vision ! ne me quitte pas ! m'écriai-je, et je fixai, dans une extase inexprimable, le beau fantôme qui m'apparaissait.

Au même moment j'entendis comme le bruit d'une voiture. Les traits de Clémentine s'obscurcirent ; on l'appelait par son nom,

— Vivez heureux, Alamontade, me dit-elle ; et elle disparut sous les rameaux tremblans.

Je voulus au même instant me précipiter sur ses pas, mais j'étais couché
sur la terre. Je ne rêvais pas, car je
reconnaissais la Vidourle et la maison
de campagne ombragée de hauts châtaigners.

Je me levai. Une voiture roulait sur
le pont ; je me hâtai d'y arriver. Un
vieux domestique m'approcha et me
demanda si je voulais me rafraîchir ;
je lui marquai mon étonnement.

— N'êtes-vous pas M. Alamontade ?
me dit-il.

— Oui, répondis-je.

— Eh bien, reprit-il, Mademoiselle
de Sonnes et madame sa mère m'en
ont donné l'ordre. Je retournai sur mes
pas, pris la guirlande de Clémentine,
et suivis le domestique. Clémentine
était Mademoiselle *de Sonnes*.

Ce jour fut le plus beau de ma vie ;
jamais il ne s'effacera de ma mémoire.

CHAPITRE VII.

Une petite chambre sous le toit, sur le derrière de la maison d'un des habitans les plus heureux de Montpellier, fut le lieu de ma demeure. Quelques toits, des murs noircis par le temps et deux fenêtres avec une plate-forme, appartenans à un palais situé de l'autre côté de la rue, étaient toute ma perspective. Néanmoins j'étais heureux. Entouré de mes livres, je ne vivais que pour les sciences, et la guirlande de Clémentine était suspendue à mon bureau; elle me rappelait le printemps qui l'avait vue naître. Des millions

perdaient leur éclat à côté de la magie
de ces fleurs fanées, et les joyaux des
rois n'atteignirent jamais pour moi le
prix de la plus légère de leurs feuilles.

Clémentine était ma sainte. Je l'aimais avec un pieux respect, avec cet
amour que l'on porte à des êtres surna-
turels. La guirlande suspendue était
une relique que l'Ange (1) m'avait en-
voyée du ciel. Je la voyais, nageant
dans des flots de lumière et de gloire,
passer, la nuit, à travers mes songes.
Son nom retentissait dans mes chants.
J'attendais en tremblant, et avec une
impatience extrême, les vacances de
la haute école, pour revoir mon oncle
Étienne, pour revoir Nîmes, et peut-
être aussi, par un heureux hasard, ma
sainte bien-aimée.

Un jour, la porte de ma chambre so-

(1) Clémentine, lorsqu'elle lui apparut en songe, ou
plutôt en réalité.

litaire s'ouvrit : un jeune et bel homme
entra pour visiter la chambre ; c'était
M. Bertollon.

— Vous avez là une bien triste vue,
me dit-il en se mettant à la fenêtre.
Cependant vous voyez encore un petit
coin de la maison des de Sonnes, une
des plus jolies de la ville et dans le
meilleur goût, ajouta-t-il en souriant.

Le nom de de Sonnes me frappa.
M. Bertollon resta pensif à la fenêtre,
et parut devenir triste. J'engageai la
conversation. Il s'informa de ma naissance et de mes talens : — Comment,
dit-il, vous pincez de la harpe, vous
l'aimez passionnément, et vous n'avez
pas d'instrument ?

—Je suis trop pauvre, Monsieur, pour
pouvoir m'en acheter un : le peu d'argent que je reçois suffit à peine pour les
livres qui me sont le plus nécessaires.

— Ma femme a deux harpes ; elle

peut bien se passer d'une , me répondit-
il, et il me quitta.

Une heure après la harpe arriva.
Que j'étais heureux ! Je pensai à Clémentine, et pinçai les cordes. Les
sentimens ne se rendent point; les
mots, signes des choses , furent
inventés pour la pensée; les sons
mélodieux pour le sentiment du cœur.

Le jour suivant, j'eus la visite de
l'aimable Bertollon. Je lui fis de tendres remerciemens. Il me pria de jouer.
Je jouai, et pensai à Clémentine. Bertollon, le front appuyé contre la fenêtre, promenait de sombres regards sur
les toits de la ville. Mon âme s'abîmait
dans des flots d'harmonie. Je ne re-
marquais pas que les yeux de Bertollon étaient pleins de larmes, qu'il se
tournait, et se tenait attentif en face de
moi.

— Vous êtes un aimable enchanteur !

s'écria-t-il en me sautant au cou; nous
sommes faits pour être amis tous les
deux!

J'étais déjà le sien; nous le fûmes
encore davantage dans l'espace de quelques semaines. Il fallait que je le sui-
visse, dans les beaux jours, jusque dans
ses moindres parties de plaisir. Il me
liait avec de nombreuses connaissances. Tout le monde me traitait avec
estime et distinction, et Bertollon ne
semblait content que lorsqu'il était
chez moi. Il était possesseur d'une
bibliothèque considérable, et d'un
riche cabinet d'histoire naturelle; il
m'en confia la garde, et semblait n'avoir
choisi ce moyen qu'afin de pouvoir
soulager ma pauvreté par un salaire
considérable, sans blesser ma délicatesse.

Bertollon était, sous plus d'un rap-
port, un homme distingué. Il avait

des connaissances, de l'esprit, et le don
de la persuasion. Il enchantait tout le
monde par la grâce et la dignité
de son maintien ; dans les sociétés, il
était le génie de la joie ; son but était
l'estime de ses concitoyens. Il avait
déjà refusé plusieurs charges publiques avec une modestie qui le rendait
plus digne encore de la confiance générale. Il était très riche, associé à
une grande maison de commerce; possédait une des terres les plus agréables
sur les hauteurs du village voisin, qu'on
nommé *Castelnau*, et avait pour épouse
la plus jolie femme de Montpellier. Sa
femme vivait ordinairement à la campagne ; l'hiver seul la ramenait à la
ville. Bertollon n'allait la voir que très
rarement. Les convenances et l'intérêt
semblaient avoir seuls conclu ce mariage ; l'amour n'y était entré pour
rien.

Ce qui me rendait plus chère encore l'amitié de cet homme, c'est que son âme était dégagée de préjugés. La bigoterie et le fanatisme religieux animaient toute la ville; lui seul en faisait une rare exception; ce qui toutefois ne l'empêchait pas de fréquenter fort assidûment les églises; et même il était membre de la confrérie des pénitens gris. — C'est une chose si facile, disait-il, que de gagner les hommes ! Qu'on respecte seulement leurs préjugés, lorsqu'on ne peut les combattre et les vaincre, et on est maître de tous les cœurs. Celui qui déclare ouvertement la guerre aux préjugés n'est pas moins fanatique que celui qui marche à leur secours armé de pied en cap.

Cependant nous eûmes souvent des discussions amicales. La fin de l'homme dans ce monde, selon lui, était *le bonheur*, et il ne connaissait aucune limite pour le choix des moyens d'y atteindre. Il se moquait de mon zèle ardent pour la vertu ; il ne voyait en elle que l'œuvre de l'ordre social, et me prouvait que chez différentes nations elle portait aussi des couleurs différentes. Sa raillerie savait même souvent me rendre ridicule à mes propres yeux, en faisant voyager quelqu'une de mes vertus cardinales parmi différens peuples, et en la faisant partout échouer.

Et cependant malgré le danger de pareils principes, Bertollon m'était toujours cher, car partout il faisait le bien.

CHAPITRE VIII.

Pendant que je partageais ainsi mes heures entre les muses et l'amitié, les deux fenêtres et la plate-forme du palais de Sonnes n'étaient pas oubliées. M. Bertollon m'avait déjà plus d'une fois offert, à la place de ma petite chambre sous le toit, un autre appartement somptueusement meublé où l'on jouissait d'une vue étendue et riante; mais je n'aurais échangé la pauvre petite chambre sous les toits, ni pour son magnifique salon de réception, ni pour la vue de tout le Languedoc, le paradis de la France.

Le hasard (car une bizarre timidité m'empêchait de prendre des informations), le hasard m'apprit que la famille de Sonnes devait revenir à Nîmes dans quelques semaines, et qu'elle était en grand deuil à cause de la mort récente de la sœur de Clémentine.

Cependant quelques semaines et trois mois se passèrent sans que personne arrivât. Chaque fois que je pinçais les cordes de la harpe, mes yeux se portaient sur l'édifice chéri, et n'avaient pas la force de s'en détourner ; mais la famille de Sonnes ne revenait pas, et aucun hasard ne m'instruisait plus de rien. Je me taisais toutefois, et cachais au monde mon cœur épris.

Le temps des vacances de la haute école arriva. Je partis pour Nîmes, dans l'espérance d'y être plus heureux. Lorsque j'arrivai devant la maison de campagne sur les bords de la Vidourle, je m'arrêtai. Tout était fermé, bien que les champs et les coteaux fussent couverts de moissonneurs et de vignerons. Je cherchai l'endroit enchanteur où jadis, sous les châtaigners, le songe et la réalité s'étaient si merveilleusement confondus. Je m'étendis sous les rameaux flottants, et sur la place que le pied de Clémentine avait autrefois sanctifié en le touchant. L'amour et l'attendrissement m'y entraînaient. Je baisai le sol sacré qui avait porté alors tout ce que le monde avait de plus cher pour moi.

Hélas! ce fut en vain que j'attendis l'apparition de mon ange. Lorsque je quittai le beau lieu il était déjà nuit; et parmi le sombre crépuscule qui couvrait la plaine, on n'apercevait plus que les cimes rougeâtres des rochers des Cévennes.

M. Étienne et la pieuse mère, avec

2. 3

Marie, Antonie et Suzanne, leurs trois
filles, me reçurent avec joie et attendrissement. Je les pressai tous l'un
après l'autre contre mon sein, muet
et heureux, ne sachant pas de qui
j'étais aimé ni qui j'aimais plus tendrement. J'étais le fils et le frère de cette
famille; j'étais dans ma patrie, et seul
la joie de tous.

— Oui, tu es la joie de nous tous !
s'écria M. Étienne attendri, et l'espérance de notre Église. Toute les nouvelles de Montpellier nous ont vanté
ton application et l'estime que te
portent tes maîtres. Continue, Colas,
continue à te fortifier ; car nos peines
sont grandes et la tribulation des fidèles est sans bornes. Dieu t'appelle! de-
viens son instrument choisi pour briser la puissance de l'Antechrist, et
relever en triomphe l'Évangile foulé
aux pieds.

Les craintes de mon oncle s'étaient beaucoup accrues depuis quelque temps, surtout par les déclarations dures des premiers magistrats de la province contre les protestans secrets. Le Maréchal de *Montrevel* résidait à Nîmes; et cet homme était d'autant plus puissant et d'autant plus à craindre qu'il possédait l'entière confiance du Roi. Ses menaces contre les Calvinistes couraient de bouche en bouche, et dans les rues chaque polisson les criait à l'autre.

Quant à moi, j'étais tourmenté d'autres soins. Je parcourais en vain tous les jours la rue où se trouvait la maison de M. Albertas. En vain j'errais dans les détours de l'amphithéâtre : Clémentine ne se montrait nulle part.

Je rencontrai un jour dans la rue le vieux domestique qui, par ordre de Madame de Sonnes, m'avait traité dans

la maison de campagne, près de la Vidourle. Il me reconnut; me serra la
main avec joie, et me raconta, après
mille autres choses, que depuis déjà
plusieurs mois Madame de Sonnes et
sa fille n'étaient plus à Nîmes, mais à
Marseille, pour étourdir, au milieu des
distractions de cette grande ville com-
merçante, la douleur que leur causait
la perte d'une fille et d'une sœur tendrement aimée.

Ayant ainsi perdu l'espérance de voir
Clémentine, ne fût-ce qu'un instant,
et de loin, je retournai à la maison le
cœur plein de tristesse. La douce espérance que j'avais nourrie durant toute
une moitié de l'année était déçue. Je
conçus le projet d'aller à Marseille; il
n'y avait de Nîmes à Marseille que trois
journées de marche... Arrivé là, je voulais parcourir toutes les rues, regarder
à toutes les fenêtres, visiter toutes les

églises et assister à toutes les messes...
Si je pouvais la voir seulement une mi-
nute, ne serais-je point suffisamment
dédommagé de toutes mes peines par
un regard affectueux ?

Mais la froide réflexion ne tarda pas
à renverser ce projet romanesque ; et
je n'en rentrai que plus triste dans la
maison de M. Étienne.

Je fus étonné de trouver en arrivant
sur le visage de tout le monde un embarras et une inquiétude que je n'avais
pas coutume d'y voir. La mère vint à
moi, posa ses mains sur mes épaules,
et m'embrassa avec un regard de compassion ; Marie, Antonie, Suzanne,
prirent amicalement mes mains dans
les leurs, comme si elles voulaient par
là me consoler.

— Qu'est-ce donc ? dit M. Étienne
d'une voix forte. M. Étienne avait, malgré son extérieur pieux, quelque chose

d'héroïque dans le caractère. Vous savez qu'un bon Chrétien ne doit être jamais plus gai que lorsque les vagues du malheur se brisent contre lui avec le plus de fureur. Le diable n'a point de pouvoir sur nous, et la Providence a compté chaque cheveu de notre tête. Le Maréchal n'est point hors de la puissance de Dieu !

Je témoignai ma surprise de tout ce que je voyais. — Tu as bien raison, Colas, me dit le vieillard ; et je suis fâché du découragement de nos femmes. M. le Maréchal de Montrevel a envoyé ici, il y a une heure, et te fait dire de te rendre demain à dix heures au château. Voilà. Et que te veut-il ?... Si ta conscience ne te reproche rien, va trouver le maréchal sans rien craindre, quand même sa cour serait l'enfer entr'ouvert.

Il est vrai que l'ordre immédiat,

donné par un personnage aussi élevé,
était fait pour effrayer la petite famille
du meunier. Le Maréchal ne se montrait que rarement au peuple, et ce
n'était jamais qu'avec une suite nom-
breuse d'officiers supérieurs, de nobles
et de gardes. La pompe extérieure des
grands jette plus de terreur dans l'âme
de la grossière populace que leur puissance réelle.

Ma tante avait arrangé mes habits la
veille d'une main tremblante. Je tâchai
par toute espèce de consolations de ras-
surer sa tendresse alarmée. — Il est dix
heures ! s'écria M. Étienne. Pars sous la
garde de Dieu. Nous prions pour toi.

Je partis.

Le Maréchal de Montrevel était dans
son cabinet. Après plus d'une heure
et demie on m'introduisit auprès de
lui à travers une suite de chambres et
de salons. Un homme âgé, un peu

maigre, plein d'une grâce impérieuse et sans affectation, d'un teint brun et d'un regard pénétrant, avança de quelques pas... Le respect des assistans me fit reconnaître le Maréchal.

—Je voulais vous voir, Alamontade, me dit le Maréchal, tant vous êtes désigné avec distinction sur la liste de l'Université de Montpellier. Cultivez vos talens, vous pouvez devenir un homme utile, et je veux prendre soin de votre avenir. Mon encouragement ne doit pas vous rendre fier, mais vous faire redoubler d'application. Je m'informerai dorénavant de vos progrès. Employez tout pour vous maintenir dans l'amitié de M. Bertollon, votre protecteur, et dites-lui que je vous ai fait appeler chez moi.

Voilà ce que me dit le Maréchal. Il parut, après une courte conversation avec moi, me regarder d'un air de satisfaction. Je me recommandai à sa Grâce, et me hâtai de porter la consolation au milieu de ma famille inquiète.

Sa joie fut grande. Bientôt tous les voisins, toute la ville fut instruite de l'honneur que le Maréchal avait daigné me faire. — Ne le disais-je point? s'écria M. Étienne, c'est Dieu qui gouverne les cœurs des puissans! Le soleil se dégage des ténèbres, et, par-dessus le serpent terrassé, par-dessus les épines de la douleur, la sainte Croix monte triomphante vers les cieux.

CHAPITRE IX.

M. Bertollon était allé à la campagne
auprès de sa femme lorsque j'arrivai à
Montpellier. Ce n'est pas sans éprouver
un vif sentiment de tristesse que je me
vis dans ma petite chambre, devant ma
guirlande fanée. Je prononçai en sou-
pirant le nom de Clémentine, et baisai
ce feuillage desséché qui avait autrefois fleuri sous ses doigts délicats. J'é-
tais honteux des larmes que me faisait
verser une espérance déçue, et cependant elles me soulageaient.

La guirlande et le petit coin du magnifique palais de la famille de Sonnes

étaient destinés à être pendant l'hiver
les témoins muets de mon amour, de
ma joie, de mes espérances. Je me disais : — Peut-être le printemps la ra-
mènera avec ses fleurs à Montpellier!
Et je regardais le palais qui devait alors
la renfermer.

En ce moment j'aperçus de l'autre
côté, à une grande fenêtre, une femme
enveloppée d'un crêpe noir, et le dos
tourné contre moi. Le sang s'arrêta
dans mes veines, mon haleine fut
suspendue, un nuage s'étendit sur
mes yeux. — Ce ne peut être que Clémentine, me cria une voix intérieure.
Mais cette seule idée avait tout d'un
coup paralysé toutes les puissances de
mon être, et j'étais penché sur la fenêtre sans avoir le courage ni la force
de lever les yeux pour me convaincre.

Lorsque j'eus recueilli mes forces,
je me redressai et jetai un regard

tremblant sur la croisée vis-à-vis de
moi. Son visage était tourné de mon
côté , couvert d'un voile noir ; le vent
se jouait dans les plis du voile ; il se
souleva... Je vis Clémentine , et dans le
moment même où je paraissais avoir
attiré son attention.

Je baissai les yeux. Un feu jusque
là non éprouvé brûlait dans mes veines ; je crus que j'allais mourir. Lorsque je regardai une seconde fois, elle
avait disparu de la fenêtre , mais non
pas de mes regards intérieurs.

— C'est elle ! criait quelque chose en
moi. Et je me trouvai dans un état
de félicité terrestre dont jamais , jusque là , je n'avais goûté le charme. J'é-
tais seul ; à mes yeux ne s'offrait que
l'image de Clémentine , et des pressen-
timens inspirés flottaient entre elle et
moi. Dès ce moment, je ne sais par
quel prestige , l'éclat éblouissant de

l'or se répandit sur les murailles fuli-
gineuses , et sur les toits d'alentour je
vis se balancer comme une mer de
fleurs. Le monde passait au-dessous
de moi comme un brillant nuage ; la
figure de Clémentine s'avançait à travers l'aimable éternité, et j'étais auprès
de Clémentine, et ma destinée était
un ravissement infini. — Ah ! que de
félicité le cœur de l'homme peut con-
tenir ! m'écriai-je. Et je tombai à genoux, et j'étendis mes mains vers le
ciel. O Dieu ! à quels momens tu m'a-
vais réservé ! éternise , ô éternise le
sentiment que j'éprouve !

CHAPITRE X.

C'était Clémentine. Le soir les fenêtres étaient éclairées ; j'y voyais se balancer son ombre.

Lorsque la soirée fut un peu avan-
cée, je pris la harpe, et dans la douce
harmonie de ses accords toute l'impétuosité de mes sentimens se rassit
par degrés.

Le lendemain je me réveillai tard.
J'avais passé la nuit sans dormir. Quand
je me mis à la fenêtre, Clémentine
était déjà à la sienne, dans son négligé du matin. Je m'inclinai devant
elle... mon salut ne fut pas rendu bien

distinctement ; mais il me semble que ses regards étaient devenus plus affectueux. Tout le temps qu'elle resta là je fus comme banni de la fenêtre ; quelquefois nos regards timides et mal assurés se rencontraient , mon âme lui parlait , et je croyais entendre de douces réponses.

Heureux moment que je passai , comme un doux songe, à jouir de l'aspect furtif d'un être chéri ! Pauvre et sans naissance comme je l'étais , et n'ayant aucun titre à la beauté par laquelle j'aurais pu plaire , comment oserai-je élever jamais mes espérances jusqu'à la plus aimable et la plus riche héritière de Montpellier, dont les jeunes gens des premières maisons du pays recherchaient à l'envi les bonnes grâces ?

Que j'aime à retracer dans ma pensée le souvenir de ces beaux jours ! *L'a-*

mitié et *l'amour* sont le privilége ex-
clusif du *mortel;* il ne le partage ni
avec l'animal ni avec l'ange. L'amitié
et l'amour, doux fruits de l'alliance
de la nature terrestre et divine en
nous, font tout le prix de *l'humanité.*
Sous l'influence de ces deux sentimens,
nous sommes plus pieux, plus croyans,
plus tolérans, plus confians; il semble
que l'univers alors est plus notre patrie; et nous endurons avec résigna-
tion les épines qui hérissent le chemin de la vie; il n'est pas jusqu'au
désert qui ne brille à nos yeux d'un
plus bel éclat sous les prestiges d'une
imagination ardente mais tranquille.

Le soir je pris la harpe dans le coin
où elle reposait, et j'en fis résonner les
cordes; je jouai les souffrances du
Comte Pierre de Provence et de la Ma-
gellone chérie, alors une des ballades
les plus nouvelles et les plus touchan-

tes, pleine d'une mélodie expressive.
Lorsque j'eus achevé la première stro-
phe, et que mes doigts fatigués sus-
pendirent un instant leur jeu, tout-à-
coup les sons d'une autre harpe qui
répétait ce même chant, vinrent frapper mon oreille à travers le silence de
la nuit. Qui pouvait-ce être, sinon
Clémentine, qui semblait vouloir devenir ainsi l'écho de mes sensations?
Lorsqu'elle eut fini, je recommençai,
et nous alternâmes ainsi l'espace de
quelques instans. La musique est le
langage de l'âme : quelle ineffable
volupté pour mon cœur! Clémentine
daignait s'entretenir avec moi.

Ah! il est mille petits riens sans
nom qui ne reçoivent leur prix infini
que des sens où ils sont donnés et
reçus, et que je dois passer ici sous
silence ; mais je ne les oublie point.
Le cadavre même de ce beau rêve de

2. 3.

ma jeunesse, le *souvenir*, conserve
toujours, quoique mort, un charme
qui me ravit.

Et ce rêve dura deux ans; deux ans
nous nous vîmes, gardant le silence
et nous aimant. Échanger les accords
de nos harpes, voilà durant tout ce
temps notre unique conversation;
jamais nous ne nous approchâmes. Je
connaissais l'église où elle priait, je
connaissais les jours où elle se promenait, accompagnée de sa mère et de ses
amies, sous l'ombrage des arbres *du
Feyrou* (1), j'avais soin de m'y trouver
aussi. Son regard me reconnaissait et
me récompensait timidement.

Sans nous être jamais parlé pendant
ce long espace de temps, nous devîn-
mes insensiblement les confidens les
plus intimes. Nous nous fîmes part

(1) Une des plus belles promenades de Montpellier,
au haut de la ville.

de notre joie et, de nos peines, nous demandâmes et nous obtînmes, nous espérâmes et nous craignîmes, nous nous jurâmes fidélité, et ne la violâmes jamais.

Personne ne soupçonnait le commerce de nos âmes, notre douce et innocente familiarité. Seulement l'extrême bonté de M. Bertollon me mit souvent en danger de perdre tous mes plaisirs ; il voulait à toute force me donner un plus bel appartement; et ce n'était pas sans peine que je parvenais à m'assurer la possession continuelle de ma petite chambre sous les toits.

———

CHAPITRE XI.

Lorsque madame Bertollon fut de retour de la campagne , son époux s'empressa de me présenter à elle.

— Voilà, dit-il, Alamontade ; c'est un jeune homme que j'aime comme mon ami, et à qui je ne souhaite rien tant que de devenir aussi le vôtre, Madame.

Ce qu'on m'avait dit de madame Bertollon n'était point exagéré; elle était très jolie, avait à peine vingt ans et aurait pu servir de modèle à un peintre pour représenter l'idéal d'une madone. Une agréable timidité dans

les manières rehaussait d'autant plus
l'éclat de sa beauté, que la plupart
des personnes de son sexe et de sa
condition à Montpellier ne se doutaient
pas même de cette modestie fine et
délicate sans laquelle la grâce perd tout
son charme.

Elle parlait peu, mais bien. Elle paraissait froide ; mais la vivacité et l'é-
clat de ses yeux décelaient en elle un
cœur sensible un esprit actif. Elle
était la bienfaitrice de tous les pauvres, et la ville entière l'honorait.
Négligée de son époux, entourée d'une
foule d'adorateurs des premières fa-
milles, dont la jeunese et la beauté
auraient pu la séduire, la calomnie
elle-même se serait vainement efforcée
de découvrir la plus légère tache dans
la pureté de ses mœurs ; elle vivait
presque aussi retirée que si elle eût
été dans un cloître ; moi-même je ne la

voyais que très rarement. Ce ne fut que dans la dernière année de mon séjour à la haute école de Montpellier qu'une maladie de son époux nous donna occasion de nous trouver plus souvent ensemble dans la chambre du malade.

On lisait sur tous ses traits sa tendre sollicitude pour la santé de M. Bertollon. Elle était sans cesse occupée à le soigner : c'était elle qui lui préparait les médicamens, qui lui faisait la lecture; et lorsque la maladie fut arrivée à son plus haut période, elle ne s'éloigna pas un seul instant du chevet de son lit; et même les veilles continuelles altérèrent considérablement sa propre santé.

Tant de soins ne changèrent pas la manière d'être de M. Bertollon vis-à-vis d'elle. Après sa convalescence il se montra à son égard tel qu'il avait

toujours été, c'est-à-dire froid et galant.
Sa bonté ne fut par lui payée d'aucun
retour. Elle parut vivement sensible
à cette indifférence, et peu à peu elle
s'éloigna de lui à mesure qu'il recou-
vrait sa santé. Tout ce que je pus
faire pour elle fut de la plaindre
et d'adresser quelques reproches à
mon ami.

— Mais que veux-tu , Colas? s'écria-
t-il : es-tu donc assez maître de *ton* cœur
pour oser demander obéissance *au
mien?* Si tu le veux, soit, j'en con-
viendrai avec toi, ma femme est jolie;
mais la beauté, lorsqu'elle est seule,
n'est qu'un éclat séduisant qui plaît aux
yeux, et laisse le cœur froid. Pourquoi ne sommes-nous jamais épris
des chefs-d'œuvre des sculpteurs? Je
conviens encore qu'elle a de l'esprit;
mais ce n'est pas là ce qu'on aime, on
l'admire tout au plus. Elle est très bien-

faisante; mais elle a assez d'argent, et
elle n'a point de goût pour les plaisirs
coûteux. Elle a eu pour moi dans ma
maladie beaucoup d'attentions et de
soins; je lui en suis reconnaissant. Sois
sûr que je ne la laisserai manquer
de rien de ce qu'elle pourra désirer
et qu'il sera en mon pouvoir de lui
procurer. Mais, mon cher, le cœur ne
se donne pas, il faut qu'il soit *pris!*
D'ailleurs tu ne connais point assez ma
femme : elle a aussi ses faiblesses et,
avec ta permission, ses défauts. Si donc
parmi ces défauts il s'en trouvait, par
malheur, tel ou tel autre d'une telle
nature qu'il dût nécessairement éteindre dans mon âme dès sa naissance
tout sentiment d'amour, quel si grand
crime aurais-je à me reprocher de
n'avoir pu métamorphoser la pierre en
or, et faire d'un mariage de conve-
nance une affaire de sentiment ?

—Mais jamais, mon cher Bertollon, je n'ai aperçu en elle la plus légère trace d'un défaut aussi grave et aussi repoussant.

— Parceque tu ne connais pas ma femme : apprends donc, car avec toi, avec mon ami, je puis tout révéler ; apprends ce qui dès les premiers jours de notre union m'éloigna d'elle pour toujours : c'est cette ardeur bouillante, effrénée, qui ne sait point réfléchir ; cette fougue à qui rien ne résiste. Ne te fie point à cette glace, à cette neige de l'enveloppe extérieure : un volcan couve là-dessous, qui de temps en temps doit lancer des flammes, ou s'il n'éclate, dévorer son réservoir. Elle est calme, et d'autant plus à craindre. Chacun de ses sentimens fermente long-temps en silence avant de se manifester au dehors ; mais alors il ne connaît plus de frein, plus de mesure, il consume tout. On la prendrait pour la vertu et la bonté mêmes; sans son malheureux tempérament elle aurait pu devenir une sainte; mais ce même tempérament anéantit tout le bon qu'il y a en elle. Je l'ai déjà surprise sur des idées si affreuses, si horribles, qu'on ne pourrait concevoir comment une seule de ces idées a pu se glisser dans l'âme d'une femme, ou comment elle a pu lui donner retraite chez elle. Ah! ce n'est pas ainsi, mon ami, qu'on peut ravir un cœur!

Ces révélations amicales me surprenaient d'autant plus que j'avais déjà eu lieu de m'apercevoir combien M. Bertollon connaissait à fond le cœur humain, et combien son coup d'œil était pénétrant. Cependant je n'en continuai pas moins de cultiver la société de madame Bertollon par de fréquentes visites. Je croyais avoir remarqué qu'elle éprouvait du plaisir à converser avec moi ; mais elle était toujours l'épouse tranquille, souffrante et douce. Tant de beauté et de charité changèrent mon respect pour elle en une amitié tendre. Je formai la résolution de la réunir, à quelque prix que ce fût, à son époux, ou plutôt de le ramener dans ses bras.

CHAPITRE XII.

L'habitude d'un commerce journalier nous dégagea insensiblement de la gêne et de l'étiquette, et finit par rendre à madame Bertollon ma présence nécessaire : me voir était devenu un besoin pour elle.

— Vous êtes le premier ami et le confident intime de Bertollon, me dit-elle un jour qu'elle se promenait avec moi, appuyée sur mon bras, dans le jardin de la maison. Je vous considère aussi comme mon ami, et votre caractère me donne un droit à vos bontés.

Parlez-moi à cœur ouvert; Alamontade; vous le savez sans doute : pourquoi Bertollon me hait-il ?

— Il ne vous hait point, Madame ;
il est pénétré pour vous de respect et
d'estime. *Vous haïr ?* il serait un monstre, s'il *le* pouvait. Non; et Bertollon
est un galant homme, il ne saurait
haïr personne.

— Vous avez bien raison. Bertollon
ne peut haïr personne parcequ'il ne
peut aimer personne : il appartient à
tout le monde et à personne; mais tout
le monde et chacun n'appartient qu'à
lui. Jamais l'éducation n'a empoisonné
un cœur plus sensible et une tête plus
pleine de talens que la sienne.

— Vous le jugez peut-être trop durement, Madame.

— Ah! plût au ciel! Je vous en supplie, détrompez-moi.

— Moi, vous détromper ? Cessons,

Madame! Observez votre époux et vous changerez d'opinion à son égard.

— L'observer? c'est ce que je fais depuis que je le connais, et il est toujours le même.

— Au moins est-il un homme bon et aimable

— Aimable ? il l'est, il le sait, et fait tous ses efforts pour l'être; mais malheureusement ce n'est pas pour le bonheur des autres, *mais seulement pour le sien*. Aussi ne puis-je l'appeler *bon*, bien qu'il ne soit pas non plus méchant.

— En vérité, Madame, je ne vous comprends pas tout-à-fait. Mais permettez-moi de répondre à votre confiance par ma confiance. Je n'ai jamais connu deux êtres plus faits pour être heureux, et plus propres à le devenir l'un par l'autre, que vous et votre époux; et cependant vous êtes tous les deux isolés l'un de l'autre ! En vérité, je croirais avoir assez vécu et assez fait dans le monde si je pouvais parvenir à vous unir étroitement tous les deux et à rapprocher l'éloignement de vos cœurs.

— Cela prouve votre bon cœur. Mais bien que la moitié de votre ouvrage soit déjà faite, car depuis long-temps mon cœur soupire après le sien qui fuit devant moi, je crains fort que vous ne souhaitiez une chose impossible. Si cependant quelqu'un devait y réussir, ce serait vous. Vous êtes le premier, Alamontade, le premier à qui Bertollon se soit entièrement abandonné, à qui il se soit si fortement attaché. Essayez-le, changez le caractère de cet homme.

— Vous plaisantez. Le changer ? quelle vertu désirez-vous que Bertollon possède encore ? Il est généreux, modeste, le défenseur de l'innocence, d'une humeur toujours égale, sans passion dominante, utile au public, sensible au charme de l'amitié.....

— Vous avez raison, il est tout cela.

— Comment donc voulez-vous que je le change?

— Faites qu'il devienne *meilleur* homme !

— Meilleur homme ? répondis-je étonné. Et je m'arrêtai, et je vis une larme briller dans les yeux de cette jeune et belle femme qui éprouvait un pénible embarras... Est-il donc méchant ? est-il donc vicieux ?

— Non, Bertollon n'est ni vicieux ni méchant, répondit-elle : mais il n'est pas bon.

— Et cependant, Madame, n'êtes-vous pas d'accord qu'il possède toutes les bonnes qualités que je louais en lui il n'y a qu'un instant ? N'exigez-vous pas trop peut-être d'un mortel ?

— Ce que vous avez loué en lui,

Alamontade, je ne l'ai point nié ; mais
ce ne sont point ses *qualités person-
nelles,* ce ne sont que ses *instrumens.*
Il fait beaucoup de bien, mais non pas
parceque c'est le bien ; il le fait parcequ'il y trouve son avantage. Il n'est pas
vertueux, mais seulement prudent.
Dans toute action il ne voit que deux
choses, l'utilité et le dommage, jamais
le bien et le mal. Il se servirait aussi
bien de l'Enfer pour arriver à ses fins
que du Ciel plein de vertus. Il fait con-
sister son bonheur à obtenir ce qu'il
désire, et, pour y parvenir, il *est* et il
fait tout ce qu'il faut qu'il soit et qu'il
fasse dans des circonstances données,
pour atteindre le but. Le monde n'est
à ses yeux qu'une lice ouverte aux passions, où tout appartient au plus heureux ou au plus rusé. Le nombre toujours croissant des hommes réunis en
société provoqua seul, d'après son sys-

tème, l'établissement des États et des
lois, des religions et des pratiques. Le
plus sage, à son compte, c'est celui qui
connaît jusqu'au fil le plus délié du tor-
tis embrouillé des convenances; et qui
les connaît, peut tout. Rien n'est juste,
rien n'est injuste en soi ; c'est l'*opinion*
qui sanctifie ou réprouve tout. Voilà,
Alamontade, voilà mon mari. Il ne peut
m'aimer, car il n'aime *que lui*. Son opinion et son goût viennent-ils à changer?
ses manières changent aussi. Le fer
n'est pas plus inébranlable que sa constance à poursuivre et à atteindre ses
fins. Il est le fils d'une famille distin-
guée, mais qui était déchue de son an-
cienne prospérité. Il voulut être riche;
il se fit marchand, disparut dans des
contrées lointaines, et revint maître
d'un million. Il voulut assurer sa fortune en s'alliant à une des plus nobles
maisons de la ville; je devins son épouse.

Il voulut exercer une certaine influence sur les affaires publiques sans exciter l'envie; il se rendit populaire et refusa les premières dignités. D'après sa manière de penser, il n'y a rien qu'on ne puisse atteindre; il ne connaît rien de sacré au monde, il foule tout aux pieds; personne n'est assez fort pour lui faire obstacle, parcequ'il n'est personne qui n'ait son côté faible, soit penchant, soit passion, soit croyance.

Ce tableau de la manière de penser de Bertollon me frappa. Je trouvais qu'il ressemblait trait pour trait à l'original. Je ne m'étais point fait encore une idée bien distincte de tout cela, mais depuis long-temps je le sentais.

Je découvris l'immense intervalle qui séparait les cœurs des deux époux, et je désespérai de pouvoir jamais le combler.

Mais je ne voulais point affliger encore la belle infortunée. —Madame, lui dis-je en lui serrant la main avec émotion, il ne faut désespérer de rien. Votre amour continuel, votre vertu, l'enchaîneront enfin.

—La vertu ? ô mon cher Alamontade, que peut-on espérer d'un homme qui appelle la vertu une faiblesse, une partialité de caractère ou une grossièreté d'esprit ; qui ne considère la religion que comme un vil trafic de l'église et de l'éducation, où l'imagination des imbéciles épuise son jeu avec un zèle puéril ?

—Mais enfin il doit avoir un cœur, cet homme ?

—Il a un cœur, mais il ne l'a que *pour lui*, et non pour les autres. Il veut être aimé, mais sans se donner en retour. Hélas ! et l'on peut aimer *un tel homme !* Non, Alamontade, l'amour demande plus. L'amour s'abandonne tout entier à l'objet aimé; il vit en lui, et n'est plus maître de lui-même.

Il ne sait ni calculer ni craindre; il attend qu'enfin la fidélité le rende heureux, ou que la perfidie l'étouffe; mais il ne saurait exister sans espoir. Il réclame le cœur de l'autre, et c'est là précisément que se trouve son paradis.

CHAPITRE XIII.

Et c'est là précisément que se trouve son paradis ! soupirai-je , lorsque je fus dant ma chambre , et que je pensai à Clémentine.

Je pris la guirlande fanée et la suspendis à la harpe. Jusqu'à présent elle était pour moi le gage sacré de la bienveillance de Clémentine. Ne l'avait-elle pas jetée elle-même sur ma poitrine qui renferme mon cœur épris ? ne semblait-il pas qu'elle voulût alors interroger de sa propre main les battemens de ce cœur ? ou bien n'était-ce qu'un badinage d'enfant ?... Ah ! pouvait-il lui être égal que ce fût d'une couronne d'épines ou d'une guirlande de fleurs nouvelles qu'elle enchaînât mon cœur!

Elle était à la fenêtre, je levai la guirlande et la pressai contre mes lèvres. Elle parut la reconnaître; elle cacha un sourire, s'appuya sur la fenêtre, regarda dans la rue, et ne tourna plus les yeux vers moi.

Cette réponse me jeta dans une inquiétude inexprimable. Il me semblait qu'elle avait honte du souvenir de m'avoir fait autrefois ce présent. Alors se présentait tout-à-coup à mes yeux ce que je demandais, ce que j'espérais; je désirais l'impossible. Je ne m'étais jamais représenté Clémentine comme épouse, je l'aimais seulement et désirais d'en être aimé; mais mon épouse! Moi, le fils d'un pauvre paysan mort chargé de dettes, moi qui avais encore

à lutter contre l'indigence, et qui n'a-
vais devant moi en perspective qu'un
avenir incertain, je demandais la plus
riche héritière de Montpellier!

A cette pensée je sentis s'évanouir
toute la fierté de mon courage. J'aimais Clémentine, mais je lui pardonnais
de ne pouvoir répondre à mon amour;
je voyais bien que je ne pouvais faire
cesser les convenances de la vie so-
ciale, et j'avais même dans le fond
trop de fierté pour faire mon bonheur
extérieur par la main d'une femme.

Je n'en mis désormais que plus d'as-
siduité à l'étude des sciences. Je voulais me frayer, par mes propres forces,
un chemin à la hauteur de Clémentine. Je passais des nuits entières à
dévorer mes livres. Je voulus connaître le jugement naïf des connaisseurs
sur mes dispositions, et je fis paraître,
sans toutefois y mettre mon nom, un

ouvrage sur l'administration de la justice
chez les anciens, et en même temps un
recueil de poésies détachées dont j'a-
vais composé la plus grande partie sous
l'inspiration de ma passion secrète.

La publication de mes travaux fut,
contre mon attente, accueillie avec
succès. L'approbation générale élevait
mon amour-propre. La curiosité ne
fut pas long-temps à découvrir le nom
de l'auteur, et partout je recueillais
mille félicitations. Le succès de mes
premiers essais ralluma dans mon
cœur le flambeau presque éteint de
l'espérance, et déjà je voyais, à la lueur
de ses rayons nouveaux, Clémentine
mon épouse, Clémentine m'apparte-
nant, bien que ce fût encore dans un
lointain obscur.

Elle-même me récompensa de la
manière la plus flatteuse. Lorsque mon
nom était déjà plus connu, je la vis

un jour à sa fenêtre qui lisait mes poésies. Quand elle n'aurait pas su le nom
de l'auteur, elle pouvait aisément le
deviner à une foule de traits qu'elle
seule savait comprendre. Elle tourna
les yeux de mon côté, sourit, et pressa
le livre sur son cœur, comme si, par là,
elle eût voulu me dire : Il m'est cher,
et la parole que tu y as déposée retentit dans ce cœur; et il la sent, et
il est plein d'une muette reconnaissance.

Je pris encore une fois la guirlande
flétrie que j'avais tant de fois chantée.
Clémentine sourit, baissa la tête, et ne
regarda plus de mon côté.

CHAPITRE XIV.

Mais personne n'était plus charmé des applaudissemens que je recueillais partout que mon ami Bertollon. Chaque jour apportait dans ses relations avec moi plus d'intimité et de confiance. Il s'abandonnait entièrement à moi, et me prouvait dans mille occasions qu'il avait aussi un cœur pour d'autres; il ne se passait pas de jour qui ne fût signalé par quelque acte de bienfaisance de sa part; moi-même je n'apprenais jamais que par hasard tantôt l'une et tantôt l'autre de ses bonnes actions.

— O Bertollon ! m'écrai-je un jour

en l'embrassant avec transport, quel homme es-tu donc ? pourquoi faut-il que je sois forcé de *te plaindre autant que je t'admire ?*

— Tu exagères des deux côtés, car je ne mérite ni l'un ni l'autre, me répondit-il avec un sourire affectueux.

— Non, Bertollon, c'est une chose vraiment déplorable que tu sois bon et vertueux sans vouloir l'être. Tu appelles la vertu enthousiasme et monotonie de pensées, et cependant tu ne cesses de pratiquer ses préceptes.

— Hé bien, Alamontade, que cela te suffise donc. Pourquoi te mets-tu toujours si en peine de ma conversion ? Lorsque tu seras plus âgé, je te vois marcher sur mes traces. Quant à présent, sois au moins tolérant. Peut-être n'est-ce que le même enfant sous un double nom.

— J'en doute. Te sens-tu la force,

Bertollon, de te précipiter volontairement dans la misère pour soutenir une
chose juste ?

— Qu'apelles-tu aussi une chose
juste ? tes idées ne sont pas claires.

— Si tu pouvais garantir Montpellier de sa destruction en te sacrifiant
toi-même, serais-tu capable de souffrir, pour le sauver, la pauvreté pendant toute ta vie, ou même, s'il le fallait, la mort ?

— Prends-y garde, Colas, te voilà
encore dans un accès d'enthousiasme ;
il n'y a que des enthousiastes qui
puissent demander et faire de semblables sacrifices ; et il est bon qu'il y en
ait quelques uns dans le monde. Mais
reprends une fois ton bon sens : je
souffre pour toi de te voir sans cesse
te nourrir de visions creuses, c'est le
moyen de n'être jamais heureux. Par-
cours tout l'univers et rassemble les

sots qui, pour tes idées, voudraient
se dévouer à la mort; sur cent millions d'hommes, tu n'en trouveras pas
un. Tout n'est vrai, bon, utile, juste
et beau que sous certaines conditions:
les idées des hommes là-dessus sont
partout différentes. Combien ne se
sont pas imaginés que *leur mort* allait
sauver le monde? ils mouraient *pour
leur manière de voir*, et non pour le
monde, et on finissait par se moquer
d'eux, comme de vrais fous.

— Je pourrais te haïr, Bertollon,
rien que pour ces paroles-là.

— Alors, d'après tes idées, tu ne
serais pas trop vertueux.

— Si tu pouvais augmenter tes richesses en me perdant, serais-tu capable de me perdre?

— Une pareille question, Colas, mé-
riterait que je *te* haïsse à mon tour.

— J'étais autorisé à te la faire, car tu

ne tends jamais, si j'en crois tes paroles, qu'à ce qui peut *te* procurer quelque avantage. Tu n'estimes jamais la
bonté de l'action que d'après la bonté
du succès.

—Mon cher Colas, tu ne seras jamais,
je le vois bien, qu'un mauvais avocat,
et tu n'amasseras pas force richesses,
si, fidèle à tes idées, tu veux toujours
défendre le bon droit et jamais le mauvais, malgré les avantages que tu pourrais y trouver.

—Je te le jure, Bertollon, toute ma
vie j'aurais horreur de moi-même si
jamais j'étais capable de mouvoir mes
lèvres pour accuser l'innocence et défendre le crime.

— Et cependant, mon bienveillant
petit fou, tu le feras plus d'une fois,
parceque tu ne trouveras pas toujours
écrit sur le front des hommes leur crime
et leur innocence. Va ! Tu seras le fou

du monde si tu ne peux pas marcher avec lui.

Souvent nous eûmes ensemble de pareilles disputes. Quelquefois il me déroutait entièrement, et je ne savais plus que penser de lui. J'aurais pu le craindre s'il ne m'avait toujours exposé ses opinions terribles d'un air de raillerie, comme s'il n'y croyait pas lui-même. Il ne voulait que me mettre en colère, et, dès qu'il y avait réussi, il riait de tout son cœur. Mais ses actions démentaient ses paroles.

CHAPITRE XV.

Madame Bertollon, au contraire, développait chaque jour davantage la belle âme qu'elle portait. Elle brûlait pour la vertu, qu'elle pratiquait avec un zèle religieux.

J'étais devenu son commensal habituel. Jamais nous ne manquâmes de sujets de conversation. Nous passions ensemble et dans le tête-à-tête les longues soirées d'hiver. Elle apprenait de moi à pincer la harpe. Bientôt il me fut permis d'accompagner sa voix séduisante avec le doux jeu des cordes. Elle chantait mes chansons, et les chantait avec un sentiment exquis. Sa beauté aurait fini par devenir dangereuse pour moi, si mon cœur n'eût pas tenu à Clémentine.

Si je parlais d'elle avec enthousiasme à Bertollon, il souriait; si je lui faisais des reproches de ce qu'il pouvait ainsi abandonner à elle-même une si aimable créature, il me répondait : — Nos goûts sont différens ; laisse à chacun le sien. Veux-tu donc, cher despote, fondre toutes les têtes et tous les cœurs dans le moule de ton cœur et de ta tête? Je le sais, ma femme ne perd rien en moi, par conséquent elle n'est pas malheureuse que je me conduise à son égard comme cela se pratique ordinairement entre les époux du grand monde; elle le savait d'avance. Si tu te trouves bien dans sa société, j'en suis charmé; et je serais également bien aise qu'elle trouvât du plaisir à ta con-

versation. Tu vois, vertueux Colas, que
je suis capable aussi de grands sacrifices, puisque je t'abandonne à elle
lorsque je te désire le plus vivement
pour moi.

Mes études étaient achevées, et j'avais
reçu le grade de docteur en droit avec
la permission de paraître commeavocat
devant les tribunaux du royaume. Il me
fallut alors redoubler de travail, et mes
visites chez madame Bertollon devinrent plus rares. Mais elle ne m'en rece-
vait qu'avec plus de joie lorsque je
l'allais voir, et, de mon côté, je sentais
plus vivement aussi combien elle m'é-
tait chère. Nous ne nous disions pas
combien nous étions devenus nécessaires l'un à l'autre ; mais chacun le lais-
sait lire à l'autre dans sa physionomie
et dans la cordialité de ses manières.

Quelquefois je croyais remarquer
qu'elle était plus triste que de coutu-

me, mais c'était pour reprendre avec moi bientôt après plus de douceur et d'abandon. Quelquefois elle paraissait me traiter avec une froideur et une ré- serve choquantes, mais c'était pour me témoigner bientôt après une tendresse de sœur, et chercher avec plus de sol- licitude à me tranquilliser sur mes craintes pour l'avenir. Cette inégalité de conduite me semblait étrange ; mais je m'efforçais en vain d'en découvrir la cause. Cependant il ne me restait pas caché que son caractère n'était plus ni aussi gai ni aussi égal qu'auparavant. Je la trouvais souvent les yeux rouges. Elle parlait quelquefois avec un enthou- siasme tout particulier du bonheur de la vie monastique ; et elle se dérobait de plus en plus à ses sociétés ordinai- res. Une secrète mélancolie rongeait la fleur de sa jeune vie.

Ces remarques me rendaient triste

aussi. Je tentai plusieurs fois, mais sans
succès, de l'égayer. La tristesse calme
de son regard, la pâleur de ses joues
presque éteintes, son morne silence,
et ses efforts pour me dissimuler ses
peines sous une feinte gaieté, pendant
que son cœur souffrait, tout cela mêlait
à mon amitié pour elle la douce ardeur
et la tendresse de la compassion. Combien j'aurais volontiers donné ma vie
pour racheter les jours perdus de son
bonheur!

Un soir qu'elle chantait, et que je
l'accompagnais sur la harpe, elle s'arrêta tout-à-coup au milieu de son chant
pour verser un torrent de larmes. Je
remis, effrayé, la harpe à sa place. Elle
se lève, et veut passer dans son cabinet
pour ne pas me rendre témoin de sa
douleur.

Quel spectacle attendrissant que celui
de la jeunesse, de la beauté et de l'in-

nocence dans le moment de la douleur tranquille et résignée ! Je saisis sa
main et l'arrêtai.

— Non s'écria-t-elle, laissez-moi.

— Vous laisser dans cet état ! c'est impossible, vous resterez. Ne puis-je donc
être témoin de votre affliction ? Ne suis-
je point votre ami ? N'est-ce point ainsi
que vous daignez vous-même m'appeler ? Ce beau nom ne me donne-t-il pas
le droit de vous demander la cause de
votre chagrin, que vous voulez en vain
me cacher.

— Laissez-moi ! je vous en supplie,
laissez-moi ! s'écria-t-elle en cherchant,
malgré sa faiblesse, à s'échapper de mes
mains.

— Non. Vous êtes malheureuse...
lui dis-je.

— Ah! oui, bien malheureuse! soupi-
ra-t-elle avec l'accent de la douleur.
Et son beau visage tomba sur mon

sein pour cacher les larmes de ses yeux.

Involontairement j'enlaçai de mes bras la tendre souffrante. Une douloureuse sympathie s'empara aussi de mon âme. Je lui balbutiai quelques paroles de consolation, et la priai de se tranquilliser.

— Ah! je suis bien malheureuse! s'écria-t-elle avec véhémence et en sanglotant... Je n'osai plus chercher, par des encouragemens hors de saison à retenir plus long-temps l'effusion des sentimens violens qui l'agitaient. Je la laissai se soulager par des larmes, et la ramenai dans son fauteuil, car je sentais qu'elle s'affaiblissait et tremblait. Sa tête resta appuyée contre mon sein.

— Vous ne vous trouvez pas bien? lui demandai-je timidement.

— Je me trouve bien, répondit-elle...

Un instant après elle était plus tranquille; elle me regarda, et vit mes yeux
mouillés. — Pourquoi pleurez-vous,
Alamontade ? me dit - elle avec un
soupir.

— Puis-je rester insensible à la vue
de vos peines?... répondis-je en me
penchant vers elle. Et nous restâmes
assis, muets, les mains l'une dans
l'autre, confondant nos regards, do-
minés par nos sentimens. Une larme
coulait sur ses joues ; je me penchai
doucement vers elle, et la recueillis
par un baiser, et j'attirai la souffrante
contre mon cœur , sans savoir ce
que je faisais. Mes lèvres brûlaient
sur les siennes , et je sentais mon
baiser doucement rendu. Notre em-
brassement ne finissait point , nos
pleurs s'évaporaient sur nos joues enflammées; dans nos baisers brûlait un
feu étourdissant, et ce que nous appe-

lions amitié se métamorphosait en amour. _

Nous nous séparâmes. Dix fois nous nous séparâmes, et dix fois je me laissai retomber sur son cou, oubliant qu'il fallait se quitter.

Tremblant, chancelant comme un homme ivre, j'arrivai dans ma chambre. Harpe, guirlande, fenêtre, tout m'y saisit d'effroi.

CHAPITRE XVI.

Jamais je ne m'étais trouvé dans une confusion plus profonde que la matinée du jour suivant. J'étais incompréhensible à moi-même, et je flottais dans les contradictions. Madame Bertollon paraissait m'aimer ; jusqu'à ce moment elle avait lutté avec un courage héroïque contre une passion qui tachait la noblesse de son âme. Et c'était moi, misérable, qui, sans l'aimer, pouvais lâchement me prêter à sa passion, et entretenir une flamme malheureuse qui devait la consumer et

faire plus que de me rendre malheureux, me dégrader.

En vain j'appelai à mon secours la
sainteté de mes devoirs; en vain je me
représentai l'horrible ingratitude dont
je m'étais rendu coupable envers la noble amitié de Bertollon; en vain je pensai à Clémentine et à mes vœux muets:
tout ce qui naguère savait séduire mon
cœur et attirer mon respect avait
perdu tout pouvoir et toute influence
sur moi. L'ivresse de mes sens ne se
passait point; l'aimable épouse de Bertollon était sans cesse devant moi;
elle seule occupait mon imagination;
je sentais encore sur mes lèvres la
douce ardeur de son baiser, et ma vanité flattée détruisait, par des conclu-
sions et des conséquences trompeu-
ses, les vérités sévères de la raison.

Misérable! le repentir t'attend! tu
rougiras un jour de ton crime, et la

glace de la tardive vieillesse ne saura
refroidir dans ton âme le feu cuisant
d'une mauvaise conscience ! C'est ainsi
que je me parlais à moi-même. Je
cherchais à relever mon courage. Pendant que les souvenirs de la soirée
passée assiégeaient, sollicitaient encore ma sagesse chancelante, et qu'un
vague pressentiment de plus hautes
jouissances me faisait trembler pour le
succès de la lutte, je m'assis à ma table
pour écrire à madame Bertollon, et lui
peindre le danger auquel nous exposait
l'un et l'autre la fréquence de nos tête-
à-tête, et lui dire que, pour demeurer
digne de son amitié, j'allais m'éloigner
à la fois et de sa présence et de Montpellier.

Mais, dans le moment même où la
raison me dictait ses lois sévères, où je
voulais faire à la vertu le premier et le
plus dur des sacrifices, j'écrivais à

madame Bertollon les sermens d'amour les plus solennels ; je lui représentais combien depuis long-temps je brûlais pour elle d'une passion secrète, et que je ne voyais mon ciel que dans son amour. Je la priais, je la conjurais de ne pas me laisser succomber, et je déroulais à ses yeux un tableau brûlant de notre félicité future.

Je m'élançai de mon siége. Je lus, je relus, je déchirai la lettre, et j'en écrivis une seconde, et je récrivis tout ce que j'avais déjà écrit ; puis je la lus et la déchirai encore. Je sentais comme une puissance inconnue me pousser malgré moi vers le crime, que mon âme abhorrait en vain. Pendant que je lui jurais, que lui jurais d'une voix mal assurée que j'allais aujourd'hui même partir pour Nîmes, et que jamais je ne reverrais les murs de Montpellier, je me jurais tout bas à moi-même de ne jamais quitter cette femme aimante et malheureuse, de lui demeurer à jamais fidèle, dussé-je sur ses lèvres cueillir avec ses baisers ma mort inévitable.

J'étais agité, comme si dans ce moment, avec une force égale et une égale adresse, luttaient en moi deux âmes différentes; mais des ténèbres toujours croissantes offusquaient ma raison; le sentiment du devoir expirait dans le sentiment de ma passion irrésistible, dévorante. Je résolus d'aller chez madame Bertollon. Peut-être qu'elle aussi se tourmentait et se reprochait de m'avoir découvert ses faiblesses pour moi; peut-être qu'elle aussi songeait à me fuir et à quitter Montpellier. Je voulais la retenir. Je voulais par mes raisonnemens ramener la paix dans son âme, et la convaincre de la légitimité de notre amour. —

Je me levai brusquement et m'élan-

çai vers la porte. — Tu veux donc te
dégrader? me cria une voix intérieure :
Tu veux donc perdre aujourd'hui, après
tant d'années de vertu, cette estime
intérieure que donne l'innocence? J'hé-
sitai, et revins sur mes pas.

— *Sois et demeure pur comme Dieu !*
me dis-je à moi-même. Que ce jour,
que cet orage passe, et tu es sauvé !

Ce sentiment religieux me releva.
Cette pensée : *Sois pur comme Dieu !*
ne cessa de se faire entendre à mon
âme à travers le tumulte de mes sensations fougueuses, et m'empêcha, cette
fois du moins, de voler à l'instant
même chez madame Bertollon. Mais la
lutte restait indécise. Mon désir n'avait
fait que croître, et je me moquais moi-
même de mes scrupules.

Dans ce moment la porte de ma
chambre s'ouvrit, et je vis entrer
M. Bertollon.

—Que fais-tu, cher Colas? Es-tu malade? dit-il.

Alors seulement je m'aperçus que je m'étais jeté sur le lit. Je me levai. Il me tendit la main; mais je n'eus pas le courage de lui donner la mienne.

—Mais qu'as-tu donc? ajouta-t-il: Comme tu as l'œil hagard, Colas! Tu es pâle!... Je ne pus lui répondre.

—Découvre-lui tout ce qui s'est passé, me disait quelque chose en moi-même. C'est son *mari* : dis-lui tout, ne lui cache rien : et tu vas être ainsi tout d'un coup et pour toujours séparé de sa femme; et tu demeureras pur, et tu ne seras point séducteur de la femme d'un autre, traître envers ton noble bienfaiteur, fourbe envers ton ami!

— Bertollon, je suis malheureux parceque j'aime ta femme! dis-je précipitamment, craignant de ne pouvoir achever mon aveu.

A peine avais-je prononcé la dernière syllabe, que je m'en repentis, mais trop tard. C'en était fait; le mari savait tout. Quant à moi, j'étais sauvé pour cette fois.

Dans l'ivresse sauvage de notre sensibilité, lorsqu'une passion puissante combat en nous le sentiment du devoir, il n'y a qu'un moyen de se sauver, c'est de prendre sur-le-champ, sans hésiter, le parti qui nous promet le salut. Nous devons, pour ainsi dire, faire violence à notre corps, le forcer à agir jusqu'à ce que nous ne puissions plus rétrograder. J'étais dans la situation d'un homme ballotté au milieu des flots, qui, près de se noyer, aperçoit encore, à travers l'épais brouillard qui obscurcit sa vue, se balancer devant lui les branches du rivage, et qui entend une voix intérieure lui crier : Saisis-les !

Bertollon changea de couleur : —
Que dis-tu là, Colas ? me dit-il.

— Je dois fuir, fuir Montpellier, toi,
ton épouse, puisque je l'aime ! répondis-je.

— Tu es fou, je crois !... dit-il en
souriant et en reprenant ses couleurs.

— O Bertollon ! c'est sérieusement que
je parle. Je ne dois point rester ici. Ton
épouse est une noble femme ; mais je
crains que mon commerce avec elle ne
devienne funeste et à elle et à moi.
Il est encore temps. Tu es mon ami,
mon bienfaiteur. Je ne te tromperai
point. Prends cet aveu amer comme
une preuve de mon attachement à toi.
Je suis trop faible pour être toujours
maître de mon cœur, et ta femme trop
aimable pour que je puisse auprès d'elle
rester indifférent.

— Un saint comme toi, Colas, me
dit Bertollon en éclatant de rire, qui

vient, dans un pieux transport de dé-
votion, confesser au mari lui-même les
secrets de son cœur, n'est dangereux
pour aucun mari. Sois tranquille. Tu
resteras chez nous. Qui veux-tu d'ailleurs qui attache tant d'importance à
une amourette? J'ai confiance en toi,
et je n'ai aucun soupçon, ni sur toi, ni
sur ma femme. Cela doit te suffire. Si
vous vous aimez, que puis-je contre vos
cœurs? Quand vous mettriez tout l'univers entre vous deux, vous en aimeriez-
vous moins pour cela? Ton éloignement
éloignera-t-il vos cœurs? Aimez-vous.
Je sais que vous pensez trop noblement
tous les deux pour que vous puissiez
jamais vous oublier.

Il disait tout cela avec tant d'aisance
et de gaieté, avec un ton si naturel de
simplicité et de confiance, que je le
pressai sur mon cœur avec attendrissement. Tant de noblesse ajouta une

nouvelle force à ma résolution d'être vertueux. J'avais honte de ma bassesse, et je rougissais même d'avoir pu engager une lutte si pénible.

— Non, mon cher Bertollon, lui dis-je, il faudrait que je fusse un monstre pour démentir ta confiance et récompenser ton amitié par une ingratitude, par une trahison aussi noire. Grâce à toi, j'ai retrouvé enfin le sentiment de mon meilleur être. Je reste, et le souvenir de ta confiance saura me préserver de toute pensée déshonorante; je reste, et je veux te prouver que je suis digne de toi. Je cesserai tout commerce avec ta femme. Je veux ne la voir jamais sans témoin. Je veux...

— A quoi bon me dire cela? interrompit Bertollon. J'ai confiance en toi; il suffit. Crois-tu que je n'aie pas remarqué depuis long-temps que ma femme t'aime? que son amour porte toutes les couleurs de son caractère violent et impétueux ? que sa passion doit être d'autant plus puissante qu'elle cherche davantage à la dissimuler ? Communique-lui tes nobles principes, et guéris-la si tu veux , mais avec circonspection. Je la connais, son amour pourrait bientôt se changer en une haine terrible, et alors malheur à toi !

—Que fais-tu, Bertollon ? c'est moi qui la guérirai du mal dont je souffre moi-même ! Et que parles-tu de la violence de son caractère? jamais encore je n'en ai découvert la plus légère trace.

— Ami Colas, tu ne connais pas les femmes. Pour te plaire, certes , elle ne se mettra pas dans l'ombre ; et quand même elle s'oublierait une fois, l'amour te rend aveugle.

Il brisa sur ce sujet, et appela mon attention sur un récit étranger. Il ne souffrit point que je ramenasse davantage la conversation sur le premier chapitre. Plus j'avais de raisons d'admirer l'étendue de sa confiance en moi, plus je devenais froid, plus je m'affermissais dans la résolution de me séparer petit à petit de son épouse.

CHAPITRE XVII.

Je ne la revis que dans la soirée du jour suivant. Elle était assise seule dans sa chambre; sa belle tête, où respirait une touchante mélancolie, reposait sur ses deux mains. Elle se leva dès qu'elle m'aperçut ; son visage était plein d'une aimable confusion.

Je m'approchai d'elle. Nous demeurâmes long-temps tous les deux sans proférer une parole. Elle avait les yeux baissés.

—Puis-je encore oser paraître devant vous ? lui demandai-je en tremblant :

je ne viens que pour subir la peine de
mon crime.

Elle gardait le silence.

— J'ai abusé de votre confiance,
continuai-je : je ne devais avoir que de
l'estime pour la femme de mon unique
ami !... J'ai fait une faute.

— Et moi...! balbutia-t-elle avec un
long soupir.

— Ah, Madame! je le sens, je ne
suis point assez maître de moi-même.
Eh ! qui pourrait l'être près de vous?
Mais... dût-il m'en coûter la vie, je ne
veux point troubler votre repos. Mon
parti est pris ; ma résolution est irré-
vocable. J'ai découvert le fond de mon
cœur à votre mari...

— Découvert! s'écria-t-elle effrayée;
et lui ?

— Il a d'abord changé de couleur.

— Il a changé de couleur ! dit-elle
en balbutiant.

— Mais, plein de confiance en vous, Madame, plein de confiance en ma vertu, qu'il s'exagère trop, il a voulu me faire renoncer à la résolution de m'éloigner de Montpellier.

— C'était là votre résolution, Alamontade ?

— Ce l'est encore. Je vous aime, Madame ; mais vous êtes l'épouse de Bertollon. Je ne veux point troubler le repos d'une famille à laquelle je suis redevable de mille bienfaits.

—Vous êtes un homme d'honneur!... dit-elle. Et des larmes coulèrent le long de ses joues. —Vous voulez faire ce que j'avais moi-même résolu de faire : ma malle est déjà prête. Je ne dois point, je ne veux point vous cacher, Alamontade, que je souhaiterais n'avoir jamais fait votre connaissance ; notre amitié dégénérait en amour ; je cherchais vainement à m'abuser. J'ai lutté

2. 6

trop tard contre des sentimens négligés,

Et ses sanglots redoublaient. — Oui, s'écria-t-elle, c'est le meilleur parti à prendre! Il faut nous séparer; mais non pas pour l'éternité, mais non pas pour toujours. Non, nous nous reverrons quand le calme sera rétabli dans nos cœurs, quand nous pourrons nous rencontrer avec une amitié plus froide.

Elle se tut. J'étais profondément ému.

— Mais, hélas! mon bon ami! dit-elle en gémissant et en se jetant sur mon sein, je ne survivrai pas long-temps à cette séparation!

Et tandis que son cœur battait sur le mien, que notre passion s'irritait encore, attisée par ces embrassemens, et que le sentiment du devoir luttait contre elle pour la victoire, les heures s'envolaient rapides et inaperçues.

Nous nous vouâmes l'un à l'autre un amour éternel, un amour pur et saint;

et cependant nous jurâmes, nous fîmes
vœu de l'étouffer dans notre sein. Nous
résolûmes de nous séparer, de ne nous
voir que rarement, et jamais sans témoins, jamais sans que le calme fût
dans nos cœurs ; et nous scellions par
des baisers brûlans, enivrans, l'union
indissoluble de nos âmes.

Quel être misérable que l'homme !
il n'est jamais plus faible que lorsqu'il
se croit le plus fort. *Fuir* la tentation,
voilà l'héroïsme ; celui qui la cherche
courageusement pour en triompher et
remporter la palme de la vertu, l'a
déjà perdue avant d'engager la lutte.

Lorsque nous nous séparâmes, nous
convînmes que je ne m'éloignerais pas
de plus d'une lieue de Montpellier. Je
devais demeurer dans la maison de
campagne, près de Castelneau, et ne
venir que rarement à la ville, en forme
de visite.

CHAPITRE XVIII.

J'exécutai ma résolution sans plus tarder. Quelques instances que fît M. Bertollon pour me retenir, il fut enfin obligé de se rendre à mes prières. Je partis donc sans même oser prendre congé de madame Bertollon.

Dans le calme profond de la nature champêtre, je fus bientôt guéri de mon ivresse; je sentis qe je n'avais jamais aimé madame Bertollon, et je ne pouvais me pardonner d'avoir feint auprès d'elle des sentimens qui n'habitaient point en moi. Ce n'était rien qu'une ivresse étourdissante qui d'abord avait

pris naissance dans l'amour malheureux que la belle femme n'avait pu me
cacher. Elle seule était à plaindre, et
mon devoir était de lui rendre le repos
qu'elle avait perdu.

Mon âme, comme dégagée d'un épais
brouillard, s'éleva insensiblement à sa
pureté et à sa sérénité premières ; et
l'image de Clémentine se présenta devant moi plus éclatante, plus séduisante
que jamais. Dans ma fuite de Montpel
lier, j'avais laissé la guirlande et la
harpe, non pas que j'eusse alors entièrement oublié Clémentine; mais la honte
et une sainte frayeur m'auraient re-
poussé si j'avais voulu porter la main
sur ces reliques sacrées. Je ne me croyais
plus digne d'elle ; et le tourment du
désir, le supplice de l'éloignement,
étaient encore à mes yeux des peines
trop douces pour mon crime.

Quatre semaines s'écoulèrent. Ber-

tollon seul venait me voir ; il venait
souvent : — Car, me disait-il, je ne puis
vivre sans toi, et cependant mes affaires
m'appellent dans cette malheureuse
ville.

Il fit plusieurs tentatives infructueu-
ses pour me déterminer à retourner à
Montpellier. Je demeurai dans ma bienfaisante solitude, et je me sentis plus
heureux.

CHAPITRE XIX.

Un jour le domestique vint m'éveiller de bon matin :

—M. Larette, dit-il, est là qui demande à vous parler à l'instant même.

Et Larette, qui était un des amis de Bertollon, entra au même moment, pâle et l'œil égaré.

—Levez-vous, me cria-t-il, et venez de suite à Montpellier.

—Qu'y a-t-il? demandai-je effrayé.

—Levez-vous, habillez-vous; vous n'avez pas un instant à perdre : Bertollon est empoisonné et à l'article de la mort.

—Empoisonné ! balbutiai-je. Et je

tombai sur mon lit sans connaissance.

— Vite, vite! il désire vous voir encore. Je suis arrivé ici ventre à terre, et c'est lui qui m'envoie.

— Je m'habillai à la hâte et tout tremblant. Je le suivis à la porte, me soutenant à peine ; une petite voiture nous attendait. Nous montâmes, et prîmes en toute hâte la route de Montpellier.

— Empoisonné? demandai-je encore une fois chemin faisant.

— Certainement ! répliqua Larette ; mais il règne dans toute cette affaire une obscurité impénétrable... Un misérable, qui est allé chercher le poison chez l'épicier, est en prison, et madame Bertollon est retenue dans sa chambre.

— Madame Bertollon retenue! Pourquoi retenue? Qui l'a fait retenir ?

— Le magistrat.

— Le magistrat ! La police de Montpellier s'imagine-t-elle aussi une pareille

fureur? Le magistrat croit-il madame
Bertollon capable d'empoisonner son
mari?

— Il le croit, et tout le monde...

—Monsieur, vous haussez les épaules?
et tout le monde?... eh bien! continuez;
que vouliez-vous dire encore?

— Que tout le monde le croit. Le
misérable, je crois, se nomme *Valentin.*

— Comment! Valentin? c'est juste;
le vieux, le fidèle serviteur de la maison, le meilleur homme qui soit sous
le soleil.

— Eh bien! il a avoué avoir été
chercher le poison il y a environ huit
jours, par ordre de madame Bertollon.

— L'infernal menteur, le...

—Et lorsqu'on a fait part à madame
Bertollon de cet aveu du domestique,
elle l'a avoué elle-même sans hésiter.
Voilà tout.

— *Avoué!* ai-je perdu le sens? car

je ne vous comprends pas. *Qu'*a-t-elle donc avoué?

— Que Valentin avait été chargé de lui chercher du poison.

— Quelle horreur! Et a-t-elle avoué aussi que c'est elle qui a assassiné, empoisonné son propre mari?

— Qui fera jamais un pareil aveu volontairement? D'ailleurs ce n'est que trop vrai : hier, dans la matinée, Bertollon sentit son indisposition ordinaire. Vous savez qu'il est quelquefois sujet aux vertiges. Il pria sa femme, comme elle a dans sa chambre une espèce de petite pharmacie à l'usage de la maison, de lui donner quelques goutes de sa liqueur stomachique accoutumée; c'est une essence précieuse; madame Bertollon la lui apporta aussitôt dans un petit flacon bleu et doré.

—Je le connais fort bien, ainsi que l'essence.

—Elle mit elle-même le médicament dans une cuillère, y ajouta du sucre, et le donna à son mari. Un instant après il sentit de violentes tranchées, des douleurs aiguës dans les intestins. Le médecin arrive; on reconnaît les effets du poison. Le médecin fait son possible pour le sauver; il demande l'essence pour en faire l'examen. Madame Bertollon fait des difficultés et demande si on la prend pour une empoisonneuse. Enfin, ne pouvant plus refuser sans appeler les soupçons sur sa tête, elle remet le flacon. Cependant plusieurs médecins étaient accourus, ainsi qu'un agent de police. L'histoire était déjà publique. L'épicier se souvenait d'avoir effectivement vendu du poison à Valentin, et il fit sa déclaration à la police. On arrête aussitôt Valentin, qui s'excuse sur les ordres qu'il a reçus de sa maîtresse. Le magistrat questionne madame Bertollon; elle tombe évanouie. On lui demande toutes ses clefs, on visite la petite pharmacie; l'épicier rappelé reconnaît le poison par lui délivré; seulement il manquait une partie de la mesure. Pendant ce temps-là on avait décomposé l'essence du flacon bleu, et on y avait découvert la dose de poison qui manquait. Voilà comment les choses se sont passées. Pensez-en maintenant, Monsieur, ce que bon vous semblera.

A ce récit je demeurai glacé de frayeur et sans proférer une syllabe. Je voyais dans tout cela une horrible liaison que ni Larette ni aucun étranger ne pouvait soupçonner. Elle m'aimait d'une force terrible; notre séparation aura augmenté sa passion au lieu de la détruire. Voilà comment elle aura formé le projet infâme de se défaire de son mari. Je me souvins alors de la violence et du feu destructeur de son caractère dont m'avait autrefois parlé Bertollon. Je me rappelai le dernier entretien que j'avais eu avec elle, et la manière étourdie dont je lui avais raconté que j'avais fait à son mari l'aveu sincère de notre commerce; son effroi à cette nouvelle, ses questions inquiètes sur la manière dont Bertollon avait reçu cet aveu.

La vraisemblance s'éleva bientôt en moi à la hauteur d'une effrayante certitude... Je m'expliquais comment cette noire pensée avait pu mûrir dans sa tête; je la voyais mêler là boisson infâme, et, dans l'aveuglement de sa passion, la présenter à l'infortuné Bertollon.

Nous arrivâmes à Montpellier. Je voulais entrer dans la chambre de mon cher bienfaiteur. — Vit-il encore ? m'écriai-je au bas de l'escalier.

On me recommanda tout bas de ne
point faire de bruit; et on me défen-
dit l'entrée de sa chambre. Il était
tombé dans un doux assoupissement
qui devait lui faire du bien, et était
un présage rassurant de guérison.

— Et où est madame Bertollon?
demandai-je.

On me répondit qu'elle avait quitté
la maison le matin de très bonne
heure, et qu'elle était allée chez ses
parens, où, sous caution judiciaire de
toute sa famille, elle était détenue dans
la maison; que ce n'était qu'avec peine
et par le crédit de ses plus proches parens qu'elle avait été soustraite à l'infamie de la prison. On me raconta
encore, mais en confidence, que
M. Bertollon, par l'entremise d'un de
ses amis, lui avait donné le conseil de
se réfugier en Italie, pendant qu'il en
était encore temps; qu'elle avait hésité;

que ses frères mêmes l'avaient fortement engagée à mettre à profit sa
courte liberté, mais que son orgueil
avait triomphé ; que sa réponse avait
été : — Je ne fuirai pas , car par là j'a-
vouerais un crime dont je n'ai pas encore été convaincue , et dont je ne puis
être convaincue.

CHAPITRE XX.

La beauté du corps n'a de charmes
qu'autant que nous pouvons la consi-
dérer comme la marque muette, comme
le miroir d'une belle âme; elle perd
toute sa magie, que dis-je? elle nous
fait horreur quand elle est l'ornement
du crime. Qu'un artiste représente le
Péché sous les plus beaux traits, à la
porte de l'Enfer, et par cela même que
tout ce que l'humanité a de plus cher
et de plus touchant n'est entre ses
mains que l'instrument du mal, il en
sera mille fois plus terrible.

Je ne pouvais plus penser à madame Bertollon sans frémir d'horreur;

elle était l'empoisonneuse ; et tout ce
que Larette ne m'avait raconté qu'en
passant m'avait été confirmé à Montpellier, et une foule de circonstances
diverses jetaient chaque jour plus de
lumière sur cet affreux assassinat.

Tout Montpellier était agité par cet
évènement extraordinaire. La convalescence de Bertollon, due à l'art des
médecins, répandit dans toutes les maisons la joie la plus vive. Je ne quittai
plus le lit de mon ami chéri, de celui
que j'honorais comme mon frère,
comme mon père.

—O Bertollon ! m'écriai-je, tu es
sauvé ! Malheur à moi si tu avais péri !
ma douleur ne m'aurait pas laissé long-
temps survivre à ta mort. Regarde,
tu es mon unique ami, le seul que je
possède sur la terre; tu es mon bienfaiteur, mon ange tutélaire. A cette
heure même je suis prêt, s'il le faut,

à descendre pour toi dans la tombe...
Et est-il possible! comment une femme,
une créature si douce, si timide, une
femme douéé de charmes si célestes,
une femme dont l'œil et la bouche
savaient si bien prêcher et persuader
la vertu, pouvait-elle être si abominable?

— L'aimes-tu encore, Alamontade?
me demanda Bertollon en me tendant
la main.

— L'*aimer!* la seule pensée m'en fait
frémir. Je ne l'ai jamais aimée; ce n'était
qu'une vanité d'enfant, qu'un chatouil-
lement de mes sens, et qu'autrefois,
dans ma folle ivresse, je parais du nom
d'amour. Je ne l'ai jamais aimée. Une
force secrète éloignait sans cesse mon
cœur du sien. Comment pourrais-je
aimer celle qui voulait t'assassiner?...
Je maudis toutes les heures que j'ai passées avec l'empoisonneuse, et je regrette

les caresses que je lui prodiguais. Hélas !
je ne la connaissais point !

Cependant on instruisait le procès
de l'épouse de Bertollon. Le plus célè-
bre avocat de Montpellier, M. *Ménard*,
s'était offert de son propre mouvement
à la famille de l'accusée pour être son
défenseur au tribunal. Jamais *Ménard*
n'avait perdu un procès. La magie de
son éloquence maîtrisait tout ; là où il
ne pouvait convaincre l'esprit, il savait
l'envelopper dans des doutes inexplica-
bles, et alors armer contre lui tous les
sentimens du cœur. Lorsqu'il plaidait,
toutes les salles du barreau étaient rem-
plies d'auditeurs qui, pour l'entendre,
venaient souvent de pays fort éloignés.
Il se chargeait, et jamais malheureusement, des affaires même les plus délicates, pourvu qu'il pût compter sur
un riche salaire.

— Je ne demande rien, disait Bertol-

lon, sinon qu'on me sépare pour toujours de l'empoisonneuse. Je n'insiste
sur aucune autre peine de sa tentative
manquée ; sa propre conscience et le
mépris public sauront lui tenir lieu de
châtiment. *Ménard*, je le sais, est mon
ennemi personnel ; il fut autrefois mon
rival. Je prévois qu'il saura si bien par
ses artifices dérouter et fasciner l'esprit des juges et du peuple, que mon
infâme épouse sortira encore triomphante de cette affaire.

—C'est *ce qu'il ne fera pas !* m'écriai-
je avec feu : je t'en supplie, Bertollon,
bien que je ne sois qu'un commençant,
et que jamais je n'aie parlé au barreau,
confie-moi ton affaire, repose-t'en sur
moi et la justice de ta cause. Je n'é-
prouve aucune répugnance à plaider
devant le tribunal contre une femme
qu'autrefois j'estimais, que j'appelais
autrefois mon amie, et qui me prodi-

guait des bontés criminelles. Tu es mon frère, et ta cause est pour moi la cause sacrée.

Bertollon sourit ; mais il ne laissa pas de me témoigner ses craintes que je ne susse point répondre à l'habileté de mon adversaire. Il consentit enfin, quoique avec crainte, à ce qu'il me sembla, que son procès fût, comme je le désirais, le premier essai de mon art.

— Ne crains rien, cher Bertollon, lui dis-je, l'amitié m'inspirera, me soutiendra si je viens à chanceler un instant sous les forces supérieures de Ménard. Et d'ailleurs, avec toute son adresse, il ne saurait nier des faits que sa cliente elle-même s'est trop hâtée d'avouer.

CHAPITRE XXI.

Depuis un temps immémorial aucune affaire judiciaire n'avait excité un plus vif intérêt que celle-ci, tant à cause de ses circonstances horribles que par le crédit des personnages qui y jouaient les premiers rôles.

Et quel rôle, hélas! y jouais-je moi-même! Personne ne connaissait ma position vis-à-vis de madame Bertollon. Personne ne soupçonnait qu'autrefois j'avais senti, dans l'ivresse d'un indicible ravissement, le cœur de cette accusée battre contre mon cœur. Personne ne savait que sa passion violente et criminelle pour moi avait peut-être donné à sa main la première direction pour le mélange de la boisson empoisonnée.

Tout cela était encore un mystère, et devait rester un mystère. Seulement, si l'art de Ménard me menaçait d'un triomphe certain, c'était mon dernier retranchement ; c'était une mine cachée qui devait faire alors explosion contre lui.

Lorsqu'on apprit à Montpellier que j'étais l'avocat de Bertollon, chacun donnait d'avance la victoire à mon adversaire. Après les instructions nécessaires et l'audition des témoins, Ménard et moi fûmes admis au barreau.

Le puissant orateur ne semblait que se moquer de moi. Il dédaignait presque de monter à la tribune contre un jeune homme à peine sorti des bancs, qui naguère était son disciple, et voulait maintenant, par ce début, donner une preuve de son travail. Il parla, et parla avec une telle force qu'il m'ébranla moi-même profondément, et qu'il m'enflamma presque pour la cause de la femme accusée.

Le procès traînait déjà depuis six mois par le talent de Ménard, lorsque j'avais espéré vaincre en quelques semaines. Ménard, en sortant du tribunal, était toujours accompagné par les applaudissemens et les acclamations du peuple ; et moi, en lui rendant la victoire plus difficile, je ne paraissais employer mes forces qu'à augmenter ses lauriers.

La beauté de l'accusée lui avait gagné tous les jeunes gens de la ville, et sa bienfaisance d'autrefois captivait en sa faveur toute la classe indigente. Ce n'était pas contre M. Ménard que j'avais à combattre, j'avais à combattre

contre le penchant secret d'une foule
de cœurs séduits, et contre le souvenir
des vertus que madame Bertollon avait
fait autrefois éclater.

Cependant plus ma cause tombait,
plus je sentais mon courage s'élever.
Une force extraordinaire m'animait; Ménard lui-même commençait à faire cas de
moi ou à me craindre, à mesure que je le
repoussais de ses premières conquêtes.
Son parti diminuait à mesure qu'il était
forcé de reconnaître la vérité des faits
par lui obscurcis et mis en doute. Bientôt je reçus quelques louanges publiques; bientôt je me vis entouré d'un
petit nombre de partisans; bientôt les
applaudissemens du peuple se firent
entendre pour moi aussi, à mesure que
madame Bertollon paraissait coupable,
et que l'éclat de sa beauté et de ses vertus s'obscurcissait au souvenir d'une
action si noire.

2.   7

— Mais quelque agréable que me fût cet encens, il n'avait pourtant pas autant de charmes pour moi que l'approbation tacite de Clémentine.

Madame Bertollon était parente de la maison de Sonnes. Lorsque l'on sut que c'était moi qui devais défendre la cause de Bertollon, Clémentine était toujours triste à sa fenêtre ; souvent elle secouait la tête ; elle me fit même un geste menaçant. Je crus la comprendre ; je haussai les épaules, et rien ne put me détourner de remplir un devoir aussi sacré pour moi.

Lorsque mon nom fut plus connu à Montpellier, et accueilli de plus grands éloges, elle redevint aussi plus affable envers moi. Clémentine semblait ne voir que mon bonheur, et avoir oublié sa parenté avec madame Bertollon. Je me voyais aimé de l'ange que j'adorais ! nul mortel n'était plus heureux que moi. Le commerce muet de nos âmes durait déjà depuis des années.

Mais je reviens à ce malheureux procès qui prenait déjà pour l'accusée la tournure la plus menaçante. Madame Bertollon, ayant tous les faits et tous les témoins contre elle, n'avait plus d'autre subterfuge que de nier constamment le dessein d'empoisonner son mari, bien que les apparences la condamnassent : mais alors je la pressai vivement de répondre pourquoi et à quelle fin, huit jours avant le fait, elle avait fait acheter du poison. Elle donnait des réponses évasives, et pendant tout le cours de l'interrogatoire elle ne faisait que se couper : on voyait sans peine qu'elle craignait d'en découvrir le motif. Toutes les prières de ses parens, toutes les menaces de son défenseur ne purent rien sur elle ; ce qui ne

faisait que fortifier encoré les soupçons.
Ménard regardait sa cause comme perdue, bien qu'il protestât sans cesse de
l'innocence de l'accusée. Le tribunal
ordonna un emprisonnement plus sévère et la menaça des derniers suppli-
ces, afin de forcer son aveu.

Ce fut alors que madame Bertollon
entreprit de défendre elle-même sa
cause, dans laquelle M. Ménard avait
été si malheureux. Je ne voyais
dans ce procédé qu'un artifice de Ménard, qui, se voyant défait, voulait,
pour dernière ressource, appeler encore au secours de son éloquence la
puissance attendrissante de la beauté
et des charmes d'une femme.

Lorsqu'elle entra dans la salle, il
se fit un silence de mort. Jamais elle
n'avait été plus ravissante que dans ce
moment. La simplicité de sa mise et la
pâleur de son visage où on lisait un

chagrin profond, firent naître la compassion dans tous les cœurs, et couler
des larmes de tous les yeux.

Tout le monde se tut : tous les regards se portaient alternativement sur
elle et sur moi. Je devais parler ; mais
je ne le pouvais pas. J'étais dans un
état de perplexité inexprimable. Elle
était l'image de l'innocence qui souffre. Toutes les heures agréables dont
j'avais autrefois joui auprès d'elle se
retracèrent dans ma mémoire à son
aspect, et entourèrent mon âme comme
des anges en pleurs qui priaient pour
elle et me criaient : — Sois-en sûr, elle
est innocente !

Enfin je rassemblai mes forces.
Je protestai que personne ne serait
plus ravi d'être convaincu de l'innocence de l'accusée, que son propre
époux, et moi, son avocat : mais qu'il
était nécessaire, pour éloigner d'elle

l'affreux soupçon, qu'elle découvrît le motif qui l'avait engagée à acheter le poison.

Madame Bertollon était très faible; elle s'appuyait sur le bras de son défenseur. Elle jeta sur moi un regard douloureux où parlaient à la fois l'amour et la souffrance. —O Alamontade! dit-elle d'une voix faible, et c'est *vous* qui pouvez insister pour pénétrer mes desseins avec ce poison, vous! et *dans ces lieux!* Elle se tut un instant, puis elle se leva subitement, tourna vers les juges sa figure pâle; et dit d'un ton plein d'amertume qui exprimait le désespoir de son âme: —Juges, vous m'avez fait menacer des derniers tourmens pour forcer mon aveu, eh bien! c'en est assez, je veux finir le procès. *Je suis coupable.* Je destinais ce poison à un meurtre. Vous n'en saurez pas davantage. Condamnez-moi.

Elle se tourna, quitta la salle, et le silence de la mort la suivit. Tout l'auditoire était resté immobile et glacé d'effroi.

Deux jours après le tribunal déclara l'infortunée *coupable*.

———

CHAPITRE XXII.

M. Bertollon était depuis long-temps parfaitement rétabli. Il était plus gai que jamais. Il recommençait à me railler, comme auparavant, sur mon prétendu enthousiasme pour la vertu; il m'aimait toutefois si tendrement, qu'il ne pouvait me voir sans un véritable chagrin attaché si obstinément à mes principes sévères. Je lui faisais donc quelquefois le plaisir de paraître adopter son opinion, et de ne point contrarier son idée favorite que tout dans le monde n'était qu'un jeu de convenances.

Le soir qui précéda le jour d'audience
où le tribunal devait prononcer sur
madame Bertollon , je me trouvais
chez lui. Nous étions gais ; minuit
nous surprit buvant encore et nous ju-
rant encore une amitié, une fidélité
éternelle jusqu'à la mort.

— Dis-moi, Colas, me dit-il, connais-tu Clémentine de Sonnes?

Je devins rouge. Le vin et l'amitié
m'arrachèrent mon secret, ce secret si
long-temps sacré pour moi. Bertollon
en rit à gorge déployée, et me dit à diverses reprises : — Mais, mon petit fou,
avec ta vertu céleste, tu ne laisses pas
d'être toujours et partout trompé ;
sois donc une seule fois raisonnable.
Pourquoi ne m'as-tu pas dit cela depuis long-temps? elle serait maintenant ta future. Eh bien! tu l'auras,
je t'en donne ma parole. Avec de la
prudence on subjugue le monde;

pourquoi pas une jeune fille ou une famille fière ? car je m'aperçois déjà que
Clémentine ne te donnerait pas un
refus (1).

Je me jetai, transporté de joie, au
cou de mon ami. Oh! si tu pouvais cela,
Bertollon, si tu pouvais cela! tu me
rendrais heureux, tu me rendrais l'égal
de Dieu!

— Tant mieux, car j'ai encore besoin
de ta divine assistance pour certain
petit projet. Une jeune fille comme ta
Clémentine, elle a une ressemblance
frappante avec elle ; on les prendrait
pour les deux sœurs ; une jeune fille
dans ce genre demeure à *Agde*. Bonnes
gens, vous croyiez que c'était pour
respirer un air plus sain ou pour des
spéculations de commerce que je faisais de si fréquens voyages à Agde?

(1) Ne te donnerait pas une *corbeille* (*horb*).

non, non, ce n'est point là ce qui m'y attirait. J'aime cette fille, je l'aime au-delà de toute expression ; jamais femme ne m'a si fort possédé. Sitôt que je serai délivré de ma femme, je demande en mariage la Vénus d'Agde. Mais alors, Monsieur Colas, je vous prierai de vouloir bien ne pas tant vous mettre en frais de visite et d'entretiens avec ma future épouse que vous le faisiez avec ma première.

—Comment, Bertollon ! m'écriai-je étonné : tu aimes ? tu veux te remarier ?

—Qu'est-ce donc, si ce n'est cela ? Vois-tu, je croyais au commencement que tu jouerais avec ma femme un roman dans toutes les formes ; je croyais que tu l'aimais véritablement, et mon projet alors était de te la céder ; nous aurions pris nos arrangemens à ce sujet, et de cette façon on aurait évité

tout ce vacarme du diable devant Ponce
Pilate ; et encore s'en est-il fallu de peu
de chose que le poison ne me réussît
mal.

—Mais comment donc! Bertollon,
je ne te comprends pas du tout.

—Il faut que je te dise, mon petit
fou, que lorsque je fouillais le soir,
pendant l'absence de ma femme, parmi
toutes ses affaires,... car, ris-en tant
qu'il te plaira, tu sauras que, malgré
toute ta vertu d'alors, je ne me fiais pas
entièrement à toi. Je croyais que vous
auriez échangé ensemble quelques billets doux, bien lamentables, bien at-
tendrissans ; et souvent il arrivait que
cet enragé de valet écloppé, Jacques,
descendait clopin clopant l'escalier dans
ce moment-là, et il me voyait me glisser doucement hors de la chambre de
ma femme après lui avoir joué ce mauvais tour ; mais cette taupe imbécile se

dépêchait de passer outre, et me sa-
luait respectueusement.

—Quel tour donc? Tu me débites-là
un singulier amphigouri. Bois, cela fait
vivre.

— Et toi aussi, Colas, tu t'es tiré
d'affaire à merveille. Tu es un garçon
impayable ; je parie bien que tu n'aurais pas plaidé moitié si bien devant le
tribunal contre ma femme si tu avais
su que j'ai mis moi-même le poison
dans l'essence.

— Non, en vérité, cher Bertollon.

— Eh bien ! tu vois qu'il était prudent
de ma part de ne te rien dire d'avance.
A présent, il n'y a plus de risques.

— J'espère pourtant que tu n'as pas
été assez fou pour vouloir t'empoisonner toi-même ?

— Eh ! parbleu, je voyais bien que
cette bagatelle ne pouvait pas m'être
bien dangereuse. Seulement j'étais

étonné de trouver du poison chez ma femme. Elle l'avait écrit sur la boîte. Mais que penses-tu qu'elle voulût faire de cette drogue ?

— C'est présisément là qu'est l'énigme.

— C'était toujours bien adroit de ma part. Qu'en dis-tu, Colas ? car dans la matinée je feignis d'être pris d'un vertige ; je le fis dire à ma femme, qui m'apporta de ses propres mains l'essence comme à l'ordinaire. Le médecin avait été prévenu aussi ; et de cette manière on pouvait à l'instant même combattre l'effet du poison; d'ailleurs je n'en avais mis qu'une très faible dose.

— Mais, Bertollon, que dis-tu là? Ton épouse par conséquent serait entièrement innocente?

— C'est précisément ce qu'il y a de plus plaisant dans l'affaire, et tu t'es écorché le gosier à plaider pour rien, et doublement pour rien ; mais bois, cela te guérira. N'est-il pas vrai, le projet était hardi ? Ma femme doit croire qu'elle est tout-à-fait ensorcelée, car elle est loin de se douter que j'ai pour toutes ses armoires le meilleur des crochets.

— Mais,... dis-je ; et sur-le-champ l'horreur me désenchanta.

— Que jamais âme qui vive n'apprenne rien de tout cela ! Toi, Colas, tu es mon seul confident, vois-tu, et cela encore aurait'pu mal tourner. J'étais si pressé, que je renversai dans l'armoire, où sont les drogues, un flacon de liqueur rouge, et que j'oubliai de le remettre en place. Pour conclure, en un mot, Colas, je suis heureux, et tu dois l'être aussi. Je te le jure, le jour où je me marierai avec Julie d'Agde, tu célébreras aussi ton mariage avec

Clémentine. ·Mais qu'as-tu donc? Je crois, ma foi, que tu te trouves mal. Tiens, prends ce verre d'eau ! C'est unique, le vin de Champagne ne t'est pas bon !

Il appuyait son bras sur moi, pendant que de l'autre il me présentait le verre. Je le repoussai avec horreur. J'étais étourdi de ce que je venais d'entendre.

— Va dormir, va, me dit-il.

Je le quittai. Il me suivit en chancelant et en riant.

CHAPITRE XXIII.

Minuit était passé depuis long-
temps ; le jour était prêt à renaître, et
le sommeil ne visitait point mes yeux;
je ne me déshabillai même pas ; je me
promenai à grands pas dans ma chambre, l'esprit violemment agité. Quelle
nuit ! Quelles choses devais-je apprendre ! ma raison se refusait encore à
croire à un crime si abominable, à un
crime qui faisait frémir la nature: Précipiter une femme innocente, vertueu-
se, qui jamais n'avait fait à son mari
la plus légère offense, dans une prison,
dans l'infamie pour le reste de ses jours !

se servir de l'ami de la maison pour soutenir l'infernale idée, et faire subir à l'innocence des tourmens plus cruels mille fois que la mort !

Je me sentais soulagé en pensant que tout cela n'était peut-être qu'un jeu, que Bertollon voulait, par une fausse confidence, mettre mon amitié à l'épreuve ; car s'il avait pu se souiller d'un crime aussi affreux, comment aurait-il osé de sa vie porter un verre de vin à ses lèvres, lorsque chaque goutte le menaçait de lui arracher son secret. Comment pouvait-il se montrer sans honte dans toute sa noirceur, je ne dis point à un honnête homme, mais à un scélérat même ?

Mais je cherchais en vain à me faire illusion. Ses confidences au sujet de moi et de sa malheureuse épouse, son projet complaisant de me la céder alors sans façon... Ah ! tout cela n'était que

trop certain ! Une affreuse lumière vint
alors éclairer à mes yeux les ténébreux
projets qu'il nourrissait depuis long-
temps. Je me souvins de certaines paroles qui lui étaient échappées dans diverses circonstances ; je me rappelai
son empressement à me conduire lui-
même chez madame Bertollon, ses pro-
testations de confiance aveugle en notre
vertu ; et, lorsqu'il me parlait de
l'impétuosité et du feu caché de son
caractère, il tirait sans doute ses plans
d'avance, il préparait les voies pour
pouvoir dans la suite la charger d'un
crime; il était probablement fâché que
je ne devinsse pas adultère !

Déjà le jour commençait à paraître,
et je n'avais encore arrêté aucune résolution. L'innocence devait être sauvée;
mais son salut entraînait la perte de mon
bienfaiteur, de mon premier, de mon
unique ami ! L'excès de son amour

pour moi lui avait seul arraché son horrible aveu!... Devais-je aller le trahir? Il était le créateur de mon bonheur; la main qui avait reçu de lui les dons d'une compassion généreuse, devait-elle, au mépris de toute reconnaissance, le pousser dans l'abîme ? Hélas! je n'avais qu'un ami, un ami que j'aimais encore, et il fallait le perdre!

—Fatal enchaînement des circonstances!... soupirai-je : pourquoi faut-il que je sois réduit à l'affreuse alternative de jeter l'innocence dans les fers par mon silence, ou si je parle, de porter à mon bienfaiteur le coup de la mort?

Mais la raison, l'impérieuse raison me dit : *Sois juste avant de pouvoir être bon !* Quelles que soient les suites de nos actions, quand elles sont conformes au devoir, dussions-nous être nous-mêmes les artisans de notre ruine,... rien ne nous doit arrêter, quand la vertu commande. Retombe, s'il le faut, dans ta pauvreté première, et marche seul et sans amis à travers le monde; mais sauve ton indépendance, et porte en toi ce témoignage d'une conscience tranquille : tu as fait ce que tu devais faire en qualité d'homme juste. Il y a un Dieu, sois pur comme lui!

J'écrivis au commissaire de police du quartier de se transporter sur-le-champ chez moi pour des affaires très pressantes; il vint. J'entrai dans la chambre de Bertollon, et l'officier resta à la porte.

Bertollon dormait encore. Je tremblais : l'amour et la compassion étaient près de triompher de moi...

— Bertollon! lui criai-je doucement en le baisant.

Il se réveille! Je lui laisse le temps

de s'éveiller; je ne tiens que des pro-
pos insignifiants.

—Dis-moi, lui-dis-je enfin, ta femme
est-elle véritablement innocente? est-il
bien vrai que tu as toi-même empoisonné l'essence ?

Il me regarde d'un œil fixe et pénétrant, et me répond :

— Tais-toi !

— Mais , Bertollon, cette réponse
confirme ton aveu d'hier soir. Je t'en
conjure, ami, tranquillise-moi. As-tu
fait tout ce que tu m'as dit? ou bien
voulais-tu seulement me...?

Bertollon se mit sur son séant, et
me dit:

— Colas, j'espère que tu es prudent !

— Mais parle donc, Bertollon ; aujourd'hui le tribunal va prononcer la
sentence de ton épouse: ne permets pas
que l'innocence périsse.

— Es-tu enragé, Colas? aurais-tu peut-être envie de trahir ton ami?

Pendant qu'il disait ou plutôt qu'il balbutiait ces paroles, je le vis tomber dans une violente agitation. Il était devenu extrêmement pâle; ses lèvres devenaient bleuâtres, et son œil regardait fixement les objets. Tout cela ne me fit voir que trop clairement qu'il m'avait confessé la nuit passée, dans son ivresse, des choses qui maintenant le faisaient lui - même frémir d'effroi, parcequ'il ne les voyait pas en sûreté en ma personne.

Je posai ma main sur ses épaules, et je lui dis bas à l'oreille :

— Bertollon, habille-toi; prends assez d'argent sur toi, et fuis; j'aurai soin de tout le reste.

Il me lança un regard qui semblait m'annoncer la mort.

— *Pourquoi?* me demanda-t-il.

— Fuis, te dis-je! il est encore temps...

— Pourquoi? répondit-il. Penses-tu?... ou peut-être déjà!...

— Au nom de tout ce qui t'est cher et sacré, fuis, te dis-je!

Je lui disais cela à l'oreille. Tout-à-coup il se relève et parcourt la chambre sans être habillé, comme s'il cherchait quelque chose. Je crus que dans le trouble où l'avaient jeté mes paroles, il avait oublié que ses habits étaient près de son lit. En me baissant pour les lui donner, je me sentis atteint d'un coup de pistolet, et le sang ruissela sur ma poitrine.

La porte s'ouvrit subitement, et l'officier de police entra effrayé. Bertollon, tenant d'une main le pistolet déchargé et de l'autre un second, fixait, saisi d'horreur, l'apparition inattendue.

— Chien infâme! me cria-t-il avec

l'air farouche et défiguré du désespoir,
et en me lançant à la tête le pistolet
déchargé.

Un second coup partit... Bertollon
s'était tué ; il vint tomber auprès de
moi. Je le saisis dans mes bras : sa tête
était fracassée...

Je perdis entièrement connaissance;
je tombai à terre et ne revins à moi
que dans ma chambre , au milieu des
domestiques et des médecins qui me
prodiguaient leurs secours. Ma blessure à l'épaule gauche fut examinée,
bandée, et ne fut jugée nullement dan-
.gereuse.

CHAPITRE XXIV.

Tout était dans une grande consternation. Plusieurs amis de Bertollon étaient déjà autour de mon lit et m'accablaient de questions.

Je parvins à me débarrasser d'eux ; et aussitôt que j'eus repris mes forces, je mis d'autres habits et commandai une litière pour me faire transporter au tribunal.

Cependant le suicide de Bertollon était devenu public. Une foule innombrable de peuple entourait la maison. Sitôt que l'on apprit que je voulais aller au tribunal, le public curieux, suivit ma chaîse.

Déjà, dans une assemblée secrète, les juges avaient arrêté leur jugement sur Madame Bertollon. Au même moment où on l'amenait dans la salle pour prononcer la sentence devant le peuple assemblé, j'y arrivais aussi.

Je demandai à être entendu, parce-que j'avais d'importantes révélations à communiquer. La permission de parler m'est accordée. Un morne silence s'établit dans toute la salle, comme si la vie avait cessé dans toutes les poi-trines.

—Juges, dis-je, j'étais naguère à cette même tribune pour accuser l'innocence. J'y monte aujourd'hui pour la sauver, et lui préparer le triomphe qui lui est dû. J'ai été trompé par les apparences, par un concours de circonstances mensongères, trompé, abusé par mon ami et le complice d'une cruauté, sans le savoir. L'infortunée dont vous venez ici prononcer la sentence n'est coupable d'aucun crime.

J'entrai alors dans tous les détails de l'histoire de la nuit passée ; je racontai le suicide de Bertollon et la tentative qu'il avait faite pour m'ôter la vie. A côté de moi était l'officier de police, en qualité de témoin, ainsi que Jacques l'estropié, qui se souvenait d'avoir vu sortir M. Bertollon de la chambre de sa femme le soir qui précéda la scène de l'empoisonnement, tenant à la main une chandelle allumée.

Personne ne s'attendait à un pareil dénouement de l'affaire où j'avais remporté sur mon adversaire, M. Ménard, une victoire si éclatante, et qui devait jeter les fondemens de ma réputation dans tout le pays. Pendant mon discours, l'étonnement et l'horreur se peignirent sur toutes les figures ; mais lorsque j'eus cessé de parler, il

s'éleva un bourdonnement sourd qui
se changea bientôt en des cris d'allé-
gresse. Toute la salle en retentit. Le
peuple proclamait mon nom avec les
transports d'une joie enthousiaste, et
les yeux de tous les assistans étaient
remplis de larmes.

Il ne fallait plus songer à rétablir
l'ordre dans la salle. Madame Bertollon
était tombée évanouie entre les bras
de ceux qui l'entouraient. Le Vice-
Gouverneur de la province, que le hasard ou la curiosité avait attiré ce jour-
là dans la salle d'audience, et qui était
un parent du maréchal de Montreval,
quitta son siége élevé et m'embrassa
publiquemen M. Ménard suivit son
exemple, au milieu des acclamations du
peuple enthousiasmé.

Je me fis conduire chez Madame
Bertollon; mes genoux se dérobèrent
sous moi, je tombai sans force à ses

pieds, et je pressai sur sa main mes yeux mouillés.

— Pourrez-vous me pardonner ? balbutiai-je.

Elle jeta sur moi un regard plein d'un amour inexprimable, et un sourire céleste anima ses lèvres.

— Alamontade ! soupirait-elle doucement, et des larmes l'empêchèrent d'achever.

La séance du tribunal allait être levée. Les juges m'embrassèrent. En vain je souhaitais retourner auprès de Madame Bertollon, le tumulte était trop grand. On me conduisit à travers la foule pressée, qui me comblait d'honneurs et d'éloges, jusqu'au bas de l'escalier du palais.

Comme je montais dans ma chaise, un homme tout jeune et fort bien mis m'arrêta.

— Vous ne pouvez pas, dit-il, vous

ne pouvez en vérité pas, avec des senti-
ments agréables, retourner dans une maison qui possède encore le cadavre d'un
homme qui s'est donné la mort et qui ne
peut que vous rappeler partout d'horribles souvenirs. Veuillez me faire l'honneur, je vous prie, Monsieur, d'accepter au moins pour quelque temps
l'hospitalité dans ma maison.

Cette invitation, qui m'était adressée
avec une si profonde cordialité ne
laissa pas de me surprendre. Les larmes
brillaient encore dans les yeux du
jeune homme. Il me pria avec tant
d'instances, qu'il me fut impossible de
le refuser. Il me prit la main avec une
joie reconnaissante, laissa ses ordres
aux porteurs de la chaise, et disparut.

Toujours accompagné des cris
joyeux du peuple à travers les rues
de la ville, j'arrivai enfin, mais très len-
tement, devant la maison de mon ami

inconnu; je remarquai seulement qu'elle était dans le voisinage de la maison de Bertollon et dans la rue où demeurait Clémentine; ce qui ne pouvait être pour moi, quelque étourdi, quelque troublé que je fusse encore, une découverte désagréable.

Ce ne fut qu'au bas de l'escalier, dans l'intérieur de la maison, qu'on ouvrit ma chaise. L'affable inconnu m'attendait déjà. Je me trouvai dans un grand et magnifique édifice. Deux domestiques me conduisirent au haut de l'escalier de marbre.

CHAPITRE XXV.

Tout ce que la vie humaine offre de terrible et d'aimable devait être pressé pour moi dans l'étroit espace de quelques heures de ce jour.

Un battant de la porte venait de s'ouvrir. Quelques dames s'avancèrent pour me recevoir. La plus âgée d'entre elles m'adressa la parole : — Je suis très reconnaissante à mon neveu de m'avoir procuré l'honneur de voir dans ma demeure le noble libérateur de l'innocence.

Qui peindra mon étonnement ! c'était madame de Sonnes ; et Clémentine, qui d'abord était cachée derrière sa mère, parut à mes yeux; je voulais répondre aux politesses qu'on venait de me faire, mais j'étais trop affaibli. Le sang que j'avais perdu le matin, après une nuit passée dans les plus cruelles angoisses, le changement subit des sentimens les plus opposés et les plus violens, avaient entièrement épuisé mes forces; l'apparition inattendue de Clémentine acheva de me faire perdre connaissance; je ne voyais qu'*elle*. Muet, je ne vis qu'elle jusqu'à ce qu'enfin les objets et les couleurs s'effacèrent à mes yeux obscurcis dans les ténèbres d'une nuit épaisse.

Pendant plusieurs semaines je fus forcé de garder le lit et la chambre. Une forte fièvre s'était jointe à la douleur de ma blessure. Le jeune de Sonnes ne me quitta point; il avait fait apporter le peu d'effets que je possédais de la maison de Bertollon, et la harpe

avec ; mais la couronne manquait. Ah!
l'on ne savait pas quel prix elle avait à
mes yeux !

Cependant madame Bertollon fut
remise en liberté. M. de Sonnes me
raconta que la belle infortunée était
partie sur-le-champ de Montpellier pour
se rendre dans un cloître éloigné. En
même temps il me donna une lettre,
qui, sous l'adresse de madame de
Sonnes, était arrivée pour moi.

— Probablement madame Bertollon
remerciera son bienfaiteur ! dit-il.

Je pris la lettre d'une main tremblante. Aussitôt que je me trouvai seul,
je la lus. Elle n'a cessé de m'accompagner depuis dans mon bonheur et dans
mon malheur.

La voici.

Abbaye Saint-G***, a V..., le 11 mai 1702.

« Vivez heureux, Alamontade ! Ces

lignes, les premières que j'écrive à un homme, seront aussi les dernières. J'ai quitté la vie orageuse du grand monde; la tranquillité solennelle des murs sacrés m'environne; j'ai pu me détacher sans peine de tout ce qui autrefois m'était cher et indispensable; je n'ai rien pris avec moi de ce monde que les blessures qu'il m'a faites.

» Ah! j'aurais pu laisser aussi mes blessures et mon souvenir! mais elles me restent pour me rendre encore plus agréable le dernier ami que je possède, la mort.

» Dans la fleur de ma vie le voile noir de la veuve entoure ma tête; et je montre par là un deuil que je ne sens point; j'en cache un autre qui me dévore.

» Oui, Alamontade, je ne rougis point de vous faire à présent encore, dans l'enceinte même de ce lieu sacré, un

aveu que je ne voulus point vous cacher, l'aveu de mon amour. Vous le
sûtes, vous le savez... Hélas ! et c'était
vous qui pouviez enfoncer le poignard
dans le cœur , qui sur la terre ne battait que pour vous. O homme ! vous
m'avez trompée, vous ne m'avez jamais
aimée !... Que mon malheureux époux
voulût m'accuser du crime le plus noir;
ce n'est point là ce qui m'affligeait...
non ... mais qu'Alamontade pût me
croire coupable , qu'il pût devenir
mon accusateur , lui pour qui j'aurais avec joie accepté la mort, ah !
c'est là ce qui a dévoré les racines de
ma vie.

» Mais non ! point de reproche.
Homme noble ! homme précieux et toujours chéri ! tu étais innocent ! Ébloui
par les apparences, tu offrais à l'amitié
et à la justice ton amour en sacrifice ;
tu consentais à être malheureux, tu

ne voulais pas être ingrat. Je le sentais
bien, la femme d'un autre ne devait
point t'aimer ; et moi, avec mon criminel amour, je n'étais pas digne de ton
cœur innocent et pur.

» Je le sentais sans cesse ; et sans cesse,
rassemblant mes forces trop faibles, j'en-
trais en lutte avec ma passion. Il n'y avait
point d'être sur la terre plus malheureux
que moi, et chacun de tes regards, chacun de tes baisers, éternisait en moi
une flamme qui aurait dû s'éteindre
par eux. Dans un moment de sombre
désespoir, je voulus préférer une mort
volontaire au danger de perdre ma
vertu ; c'est alors que le poison me fut
apporté. Il m'était destiné, parceque
mon amour pour toi était trop violent.
Voilà, homme, voilà le secret que la
honte me défendait de confesser au
milieu des tourmens. Hélas ! et c'était
toi, pour mon malheur, toi qui de-

vais m'interroger là-dessus devant les juges !

» Tu ne m'as jamais aimée. Mon éloignement ne te tourmentera jamais. Je m'étais moi-même abusée; moi seule je dois souffrir de l'imprudent abandon que je te fis de mon cœur. Le monde me plaint, mais ses plaintes me laissent sans consolation, et ta compassion même, ô mon ami! ne peut qu'ajouter une nouvelle pointe à ma douleur, loin de l'adoucir.

» Ici, dans les murailles de ce cloître, je vois la fin de mon court pèlerinage. Le tilleul devant la grille de ma cellule couvre de son ombrage l'espace étroit qui sera ma tombe; voilà ma consolation.

» Ah! qu'il est triste d'être si isolé dans le monde! Et je suis isolée, puisque personne ne m'aime. Mes compagnés m'ont déjà oubliée dans leurs

cercles joyeux; mes pleurs n'interrom-
pent pas leurs plaisirs. Je me fane
comme la fleur solitaire sur les montagnes, inconnue, inaperçue; elle ne
donna, elle ne reçut aucune joie, sa
perte ne laisse point de trace.

» Et toi que j'aimai uniquement,
prends ces lignes, notre lettre d'éternel
divorce. Un cœur brisé soufflait les mots,
une main mourante les écrivait... Je
n'ai fait que remplir mon dernier devoir.
N'interromps pas ma tranquillité par
une réponse; je ne reçois aucune lettre,
et je ne veux même jamais te revoir.
Je prierai Dieu pour ton bonheur;
je veux te consacrer mon dernier
soupir, et, pleine de ta pensée, la mort
me conduira dans une vie plus heureuse.

» AMÉLIE BERTOLLON. »

Je ne vis plus cette âme généreuse.

Avec sa vertu dans le cœur elle avait disparu , mais jamais je ne l'oubliai : souvent mes larmes ont coulé à son souvenir.

———

CHAPITRE XXVI.

Madame de Sonnes et Clémentine étaient souvent venues me voir durant ma maladie ; elles ne me traitaient point comme un étranger, mais comme un frère et un parent.

Madame de Sonnes était une dame pleine d'excellentes qualités, d'un esprit vif et d'une éducation soignée ; elle semblait vivre non pas pour elle, mais pour les autres. Toujours attentive à faire plaisir aux autres, à rendre service aux autres, elle avait le talent de donner à ceux qui ne dédaignaient pas d'être heureux par elle l'air de ses propres bien-

faiteurs. Son amour portait l'empreinte
de la reconnaissance.

Clémentine, l'orgueil de son sexe,
était digne de sa mère: une innocence
sans souci et une gaieté continuelle,
telle était sa manière d'être. Personne
ne pouvait l'approcher sans l'aimer.
Jamais je ne l'avais vue, jamais je ne
l'aurais crue si belle : son sourire était
ravissant, son regard ne parlait qu'à
l'âme; elle faisait tout avec une grâce
qui réalisait l'idéal. Au milieu de toutes
ses amies, elle se distinguait par tant
d'amabilité, qu'on ne pouvait admirer
qu'*elle ;* et cependant elle était de toutes la plus modeste; elle ne savait rien
de ses propres avantages, et elle était
saisie d'enthousiasme lorsqu'elle les
voyait dans d'autres; on aurait volontiers parié qu'elle ne s'était jamais vue
dans un miroir.

Depuis que j'étais dans la maison,

elle ne pinçait plus la harpe; elle
était plus timide qu'autrefois dans l'é-
loignement; elle venait me voir plus
rarement que tous les autres de la
maison; elle me parlait moins qu'à
tous les autres, et c'était elle néanmoins
qui prenait le plus d'intérêt à moi,
c'était elle qui était la plus attentive à
épier mes moindres désirs, et dans
ses yeux je voyais l'amitié me sourire.

Pendant que mon amour toujours
croissant se changeait ainsi en une
passion invincible, je voyais chaque
jour plus clairement les milliers d'ob-
stacles qui me ravissaient tout espoir
d'être un jour heureux par elle. J'étais
pauvre, et n'avais rien pour moi qu'une
bonne réputation et la confiance de
tous les honnêtes gens. Que cela est
peu de chose dans le grand monde!
Je m'étais fait, il est vrai, par le procès de Bertollon, une rénommée si

étendue, que le nombre de mes cliens
s'augmentait de jour en jour; mais
combien de temps ne me fallait-il pas
travailler encore avant de pouvoir me
créer une fortune qui me permît d'oser
m'approcher de Clémentine?

Et chaque jour je voyais cette char-
mante créature, dans sa chambre, dans
son jardin, tantôt seule, tantôt en société. Ah! elle pouvait bien s'apercevoir
combien je l'aimais! mon silence et
mon langage, ma manière d'aller et de
venir, étaient autant de témoins qui tra-
hissaient mon cœur.

Chaque jour augmentait mes angoisses et mes inquiétudes; il ne me restait plus d'autreressource que de m'éloigner d'elle pour ne pas devenir le plus
malheureux des hommes. Je résolus
sur-le-champ de nous séparer; je louai
une maison, et fis part à M. de Sonnes
de m arésolution.

Lui et sa tante cherchèrent en vain à m'en détourner; je demeurai ferme contre leurs vœux et leurs prières. Clémentine seule ne paraissait point, ne priait point, mais elle devenait plus sérieuse, et, comme je crus le remarquer, plus triste.

— Vous êtes bien cruel! me dit un jour madame de Sonnes. Quel mal vous avons-nous fait pour vouloir nous punir si durement? En sortant d'ici vous emportez avec vous la paix de cette maison, autrefois si heureuse. Nous vous aimons tous; ne nous quittez pas, je vous en conjure.

Toutes les raisons que je pouvais imaginer pour justifier mon éloignement étaient insuffisantes pour tranquilliser madame de Sonnes. Hélas! je ne pouvais lui découvrir la seule raison et la plus importante. Elle ne voyait dans mes refus qu'un invincible entêtement,

— Eh bien! dit-elle enfin, je vois bien qu'il faut nous soumettre à votre volonté. Nous vous sommes plus indifférens que je ne le croyais. Pourquoi n'est-il point donné à tous les hommes de ne jamais laisser pénétrer l'amitié plus avant dans le cœur qu'il n'est précisément nécessaire pour que l'on puisse à chaque instant l'en arracher sans douleur? Clémentine, par cela même, sera un jour très malheureuse; je tremble qu'elle ne tombe malade.

Ces paroles me frappèrent profondément; je devins pâle et tremblant.

— Clémentine, balbutiai-je, tomber malade!

— Venez-vous avec moi dans ma chambre? me dit madame de Sonnes qui ne soupçonnait point ce qui se passait en moi.

Je la suivis. Elle ouvrit la porte et dit à sa fille :

— Il ne veut pas. C'est à toi mainte·
nant de le persuader.

Je demeurai seul et m'approchai de
Clémentine.

Oh! quelle image d'une belle mélanco·
lie! jamais elle ne s'effacera de ma mémoire. Toutes les horreurs d'un misère
sans fin qui m'entourèrent depuis dans
les parties du monde les plus reculées,
ne purent jamais lui ravir son charme
et sa vie. Elle était là, dans le plus simple négligé, séduisante comme un enfant d'Éden, et la fleur fanée du sureau
bleuâtre, enlacée dans sa chevelure,
venait pendre sur le simple voile qui
couvrait sa tête, comme si elle devait
être le signe de ce dont elle avait le plus
besoin, du sommeil... du repos.

Lorsque je fus arrivé près d'elle,
elle leva vers moi ses regards, et, dans
ses yeux pleins d'une tendre expression, je vis comme un sourire briller à

travers des larmes. Je pris sa main, me
mis à ses genoux, et soupirai : — Clémentine !

Elle garda le silence, et ne sourit
plus.

— Demandez-vous aussi que je reste?
Ordonnez, et j'obéis sans hésiter ;
dussé-je en devenir plus malheureux
encore !

— Plus malheureux ! répondit-elle
avec un regard qui demandait une réponse : êtes-vous donc malheureux
chez nous ?

— Vous ne le savez point ! Vous ne
voulez répandre autour de vous que
le bonheur. Mais, Clémentine, vous
m'avez de trop bonne heure accoutumé
au ciel. Si donc il fallait un jour, tôt
ou tard... que tout cela... que votre
société, Clémentine, fût perdue pour
moi... et ce temps peut arriver...
que deviendrais-je alors ? lui dis-je

2.   9

en tirant sa main sur mon cœur palpitant.

—Ne vous séparez jamais de nous, et soyez sûr qu'ainsi nous ne nous perdrons pas, répondit-elle.

—Plût à Dieu! m'écriai-je, que je ne dusse jamais vous quitter qu'à la mort!

Elle leva ses yeux au ciel, soupira, se pencha vers moi, et de ses joues tomba sur ma main une larme brûlante.

—Doutez-vous de la constance de mon amitié? dit-elle.

—Ai-je un droit à votre amitié, Clémentine? Ce cœur charmant, hélas! ne doit-il pas un jour battre plus fort pour un autre que pour moi? et *alors*, Clémentine, *alors!*

—Jamais, Alamontade! répondit-elle. Et elle se leva subitement, et se détourna, le visage animé d'une douce rougeur. Je me levai ; un ravissement indicible m'enivrait. Je la tirai entre mes bras ; son sein palpitait, agité par de beaux sentimens ; ses joues brûlaient ; son regard me disait le doux mot que ses lèvres n'osaient prononcer.

Nos âmes s'unirent comme deux sœurs et conclurent dès ce moment une éternelle union ; un soupir tremblant fut notre serment ; le monde autour de nous s'effaça comme une vaine ombre ; et, dans l'ardeur de nos baisers, nos deux âmes se confondirent, s'échangèrent sur nos lèvres.

Oh! quelle félicité la main de l'infini Créateur n'a-t-elle point offerte même à la poussière ! et combien n'a-t-elle point adouci le sort de l'esprit en le liant à la nature terrestre !

Et lorsque nous nous réveillâmes de cette sainte ivresse, que je pus prononcer le nom de Clémentine, et elle mur-

murer le mien ; la nature entière avait changé de face, et ce n'était plus le monde passé. Tout autour de nous s'était embelli d'un air de fête et de beauté ; la chambre, naguère froide et morte, ressemblait à un temple, et tout souriait à notre esprit enchanté depuis le tableau jusqu'au tapis ; et le murmure des rameaux du jardin était plein de signification, et dans les ombres flottantes du feuillage siégeait un sens secret et plein de charme.

— Je reste ! m'écriai-je.

— Et pour l'éternité ! ajouta-t-elle.

CHAPITRE XXVII.

Quelques heures après je vis madame de Sonnes. A son aspect je fus frappé d'une frayeur secrète. Elle vint en souriant au-devant de moi, et me dit : — Qu'avez-vous fait de Clémentine? elle est inspirée; elle parle en vers; elle ne marche plus, elle plane comme l'oiseau de l'air! Et vous, Alamontade, pourquoi rougissez-vous? Je vous en sais bon gré... Mais comment dois-je vous remercier?

En disant ces mots, elle me prit dans ses bras, et me baisa.

— Vous êtes un galant homme!

ajouta-t-elle. Je connaissais bien les raisons secrètes qui vous engageaient à
nous quitter.

J'étais tellement étonné que je ne
pus prononcer une seule syllabe.

— C'est assez plaisant. Vous allez voir
tout à l'heure qu'au bout du compte je
n'aurai rien deviné. Vous voulez toujours être le plus fin, Alamontade, et
vous l'êtes toujours, mais non cette
fois ! Croyez-vous que je n'aie pas remarqué que vous aimez Clémentine ?
Pourquoi vouliez-vous en faire un secret ? un secret à moi, la mère de celle
que vous aimez !

— Madame... balbutiai-je toujours
plus confus.

— Je suis sûre que vous voudriez
bien nier encore, si vous pouviez ! dit-
elle d'un ton moqueur. J'étais auprès
de vous deux lorsque, au comble de
votre bonheur, vous ne voyiez plus ni

le monde ni moi. Je sentis bien alors
que je ne pouvais être que très super-
flue dans vos fiançailles. Ma fille ne vit
que pour vous... rendez-la heureuse,
et je le serai aussi.

Quelle femme !... Je tombai à ses
pieds, je baisai sa main bienfaisante
sans pouvoir proférer une parole.

—Eh bien, eh bien ! Que faites-
vous ? dit-elle. Un fils ne se met pas
aux genoux de sa mère.

—Madame ! m'écriai-je, vous me
donnez plus que l'espérance la plus
téméraire...

—Je ne donne rien, répondit-elle.
Non, mon cher, c'est plutôt vous qui
nous donnez la paix. Je suis mère à la
vérité, mais sans aucun droit sur le
cœur de ma fille. Clémentine vous connaît depuis plus long-temps que moi.
Pour vous elle a rejeté plusieurs partis ;
elle n'espérait que vous. Assurer le bon-

heur de ma fille est mon devoir. J'ai appris maintenant à vous connaître de plus près, et je bénis le choix de Clémentine.

— C'en est trop ! m'écriai-je ; c'était, à franchement parler, c'était mon projet, un jour, lorsque j'aurais acquis assez de fortune... Je suis pauvre, Madame !

— Que fait la fortune dans cette affaire ? me répondit cette femme généreuse ; vous êtes à votre aise, et Clémentine , qui a déjà assez de bien de son côté, est mon héritière. Les besoins de la vie ne peuvent pas vous assaillir; et quand bien même, par des malheurs imprévus, vous perdriez tout un jour, eh bien ! vous vous retrancherez. Vous avez des connaissances, de l'activité et de la probité ; de cette façon vous ne pouvez jamais manquer.

En vain fis-je plusieurs objections,

madame de Sonnes avait l'âme trop
élevée pour en sentir l'importance.

— Non, Monsieur, dit-elle, il m'é-
tait bien connu que vous aimiez Clémentine sans aucun égard à sa fortune;
et la jeune personne a assez de prix
par elle-même pour être aimée pour
elle. Votre délicatesse, mon cher, reste
donc intacte : si vous avez pu demander et accepter le cœur de Clémentine,
certes vous ne devez par rougir de
ce qu'elle vous apporte une riche dot.
Le cœur que vous dominez a plus de
valeur que le misérable argent que
vous regardez comme superflu. Ma
fille ne serait pas plus heureuse en
épousant un million auquel serait lié
un homme qu'elle n'aimerait point ;
elle ne peut le devenir que par l'esprit,
par les sentimens nobles, par l'amour
fidèle et les soins attentifs de celui
qu'elle aime.

Clémentine entra en ce moment dans la chambre.

— Hé bien?... dit-elle en prenant ma main et en fixant avec tendresse les yeux de sa noble mère.

— Tu as bien choisi: dit madame de Sonnes en nous serrant tous les deux dans ses bras : tu es toujours plus occupée du bonheur de ta mère que du tien.

CHAPITRE XXVIII.

Clémentine était ma fiancée. Toute la famille me choyait à l'envi. J'étais considéré dans le palais de Sonnes comme le fils bien-aimé. L'estime de toute la ville m'entourait. J'étais parvenu au comble de mes vœux, et il deviendrait fatigant de peindre toutes les joies variées que j'éprouvais.

Des lettres de *Londres* arrivèrent au maréchal de Montreval, comme Gouverneur de la province, pour être remises à mon père, alors défunt, avec un héritage considérable que son frère, qui était mort aux Indes occidentales,

avait dû lui laisser. Je partis pour Nîmes, où le maréchal m'appelait pour
quelques jours. Il ne me montrait que
la lettre du banquier de Londres avec
la copie du testament, sans pouvoir me
donner d'autres éclaircissemens. L'argent avait déjà été versé par assignation
sur la banque de Paris au gouvernement
du Languedoc; ce qui me mettait en
jouissance de quatre mille livres de
rente.

Bien que je susse qu'un de mes on-
cles dans sa jeunesse était parti pour
l'Amérique, d'où on n'avait jamais reçu
de ses nouvelles, je pouvais à peine
croire qu'il y eût amassé une fortune
aussi considérable. L'obscurité même
qui régnait dans l'exposé de Londres
sur certaines choses que j'aurais aimé
à savoir, me fit concevoir quelques
soupçons sur cette fortune inattendue,
du moins comme *héritage*, bien qu'elle

me parût trop grande pour être un
présent. J'écrivis en effet et au banquier de Londres, et au magistrat de
la province d'Amérique où mon oncle
devait être mort; mais jamais je n'ai
appris rien de plus que ce que je savais
déjà. Cependant je ne pouvais pas éloigner de moi la pensée que dans cet
héritage madame Bertollon avait joué
un plus grand rôle que mon oncle.

Le Maréchal de Montreval paraissait
presque mécontent de mes scrupules.

—Jouissez de votre propriété incon-
testée, et faites dire une douzaine de
messes pour votre oncle, dit-il; et
pour ne pas jouir de votre fortune tout-
à-fait sans occupation, venez chez moi,
et prenez la première place dans la
chancellerie de mon gouvernement.
Mais je dois y ajouter une condition:
vous ne pouvez demeurer autre part
que dans mon château, il faut que je

vous voie journellement. J'ai beaucoup d'affaires , et votre conseil m'est
précieux.

Je remerciai le Maréchal des mar-
ques de faveur dont il daignait m'ho-
norer. Je lui demandai seulement
quelques jours de réflexion avant
d'accepter une place dont l'importance
exigeait des connaissances plus étendues
que les miennes. Le Maréchal m'acca-
bla de politesses et me quitta avec
des menaces amicales si je ne me déci-
dais point à satisfaire ses désirs.

M. Étienne, mon bon vieil oncle, ne se
possédait pas de joie, lorsqu'il apprit
de moi les offres du Maréchal.

— Rappelle-toi, Colas, me dit-il,
rappelle-toi le temps où tu vins chez
moi, encore enfant, avec ta blaude et
tes sabots; lorsque tu te présentas devant moi dans ta pauvreté , et que tu me
fendis le cœur! Alors, Colas, alors il me

sembla entendre la voix intérieure de mon esprit qui m'ordonnait de t'adopter pour fils, parceque tu devais être un jour l'ange tutélaire des fidèles opprimés. Regarde, Colas, le Seigneur a agi grandement avec toi. La même maison du pauvre meunier qui te reçut autrefois dans ton plus que modeste équipage, te voit aujourd'hui fort estimé, savant et riche. Ne te refuse pas plus long-temps à accepter les offres du Maréchal. Ce n'est point *sa* volonté, non, c'est la volonté de Dieu. Ce n'est point lui, c'est le Ciel qui t'appelle pour la consolation des protestans.

Mon oncle et son aimable famille, dans le cercle de laquelle il ne manquait qu'une fille, qui était mariée, ainsi que tous ses amis, qui étaient sans exception des protestans secrets, ne cessèrent de me faire les plus pressantes représentations. Je fus presque obligé de promettre que j'accepterais la place; mais je voulais savoir encore ce qu'en penserait Clémentine et sa mère.

Mais toutes les deux, dès que je leur eus fait connaître les offres du Maréchal, furent d'accord que je ne devais point négliger une si belle occasion d'étendre la sphère de mon activité.

— Et nous vous accompagnons à Nîmes ! dit Clémentine. J'espère que vous connaissez encore l'amphithéâtre et la maison d'Albertas ? Mais demeurer chez le Maréchal ! c'est bien dur. Non, vous lui refuserez cela, quelques instances qu'il fasse.

Je me conformai à leurs desirs. Nous partîmes pour Nîmes; j'entrai dans ma place, et je pus me reposer du tracas des affaires dans les bras de Clémentine.

CHAPITRE XXIX.

Richesse, autorité, influence dans les affaires de la province, tout semblait me promettre le sort le plus brillant que l'homme puisse rêver. L'amitié et l'amour s'unissaient pour me rendre heureux. Il y avait pour ainsi dire dans le tableau de ma vie d'alors trop de lumière et pas assez d'ombres, de sorte qu'il ne présentait plus qu'une pâle et fade uniformité.

La mort du grand père de Clémentine causa un deuil général dans la famille, et, par égard aux bienséances, notre mariage fut remis à six mois. Ce retard ne pouvait pas nous faire de peine, nous nous possédions tous les jours, et rien au monde ne pouvait nous séparer.

Le Maréchal de Montreval me traita durant les premiers mois avec une faveur toute particulière; mais jamais je ne pus gagner sur moi de lui accorder ma confiance et de répondre à ses sentimens bienveillans par un retour de cordialité. Ses manières amicales avaient quelque chose de terrible; son sourire semblait toujours lancer la menace. C'était un homme d'esprit et de bon sens; mais sa raison était néanmoins offusquée par une foule de préjugés qu'il devait sans doute à son éducation monastique dans les années de son enfance, et qu'il respectait comme autant de choses sacrées. Énervé par les excès et les débauches de sa jeunesse, il était d'une santé languissante, toujours tour-

menté par la peur de mourir et par les
vaines terreurs d'une imagination inquiète et soupçonneuse. Il ne se faisait
point conscience de commettre des
actes arbitraires, de porter la sévérité
jusqu'à la cruauté, et de sacrifier le
bonheur d'un homme à son caprice,
ni d'entretenir des filles mercenaires;
mais, avec tout cela, il était très-reli-
gieux. Les moines etaient ses favoris,
et ils savaient le dominer sans qu'il s'en
aperçût. Il ne manquait pas une messe
et passait pour un modèle de piété. Il
riait rarement; il était le plus souvent
sombre et froid, et son maintien tranquille portait un caractère de fierté et
de domination.

Plus j'apprenais à connaître le Maréchal, plus je concevais pour lui une
secrète aversion. Une homme comme
Bertollon, sans religion, sans Dieu,
sans éternité, sans principes moraux,

qui, ne consultant jamais dans ses actions que les règles de la prudence,
pourrait, dans son révoltant égoïsme,
voir en riant périr un monde entier
pour son avantage, n'est pas plus terrible, plus dangereux qu'un homme du
monde infecté de bigoterie comme
Montreval. L'athée et le bigot, qui
tous les deux ne reconnaissent aucun
principe de morale et d'éternelle justice, ont tous les deux le même poids
dans la balance de la moralité; tous les
deux sont pour la société un poison
également destructeur. Sans aucun sentiment de leur dignité comme homme,
sans estime aucune pour l'humanité, la
ruse, voilà tout ce qu'ils connaissent.
Tous les deux, tendant leur toile au milieu des convenances de la société, pil-
lent et assassinent, honneur sauf. Tous
les deux n'ont aucune crainte de Dieu,
car l'un n'y croit pas, et l'autre l'apaise

avec des prières et des messes, et se lave dans le Temple des crimes qu'il commet dehors.

Dès les premiers jours de mon arrivée à Nîmes la sainte cohue des moines vint m'assaillir. Ces hommes craignaient que je ne prisse sur le Maréchal un ascendant funeste à leurs desseins; mais ils remarquèrent le peu de peine que je me donnais pour y arriver, et la foule se dissipa insensiblement. Cependant ils conservèrent à mon égard des manières extrêmement amicales; ils firent au Maréchal l'éloge de mon caractère, et ne firent que comme par hasard l'observation que malheureusement j'étais un homme sans religion.

Les protestans de Nîmes me regardaient comme leur chef et leur protecteur. Ils me rendirent des honneurs extravagans qui auraient pu exciter les soupçons du Maréchal, quand même il n'eût pas été aussi soupçonneux qu'il l'était. Ils devinrent plus audacieux dans leurs paroles et dans leurs actions. Plus d'une fois j'eus le bonheur d'obtenir du Maréchal le pardon de leurs actes inconsidérés. Mais, au lieu de devenir plus circonspect par de tels évènemens, leur fanatisme ne fit que s'animer davantage par des luttes fréquentes contre les persécuteurs et par la confiance secrète qu'ils avaient en ma protection. Je leur représentai en vain les dangers qu'ils se préparaient par cette audace téméraire.

—Non, s'écria M. Étienne, mon oncle, non, là où est Dieu il n'y a point de danger. O mon cher Colas ! ne crains rien de la part des hommes, car le Seigneur est avec toi. Et, quiconque me reconnaît devant les hommes sera à son tour reconnu de moi, a dit le Sauveur du monde. La graine de sénevé de l'Évan-

gile germera aussi en France comme
sur les rochers de la Suisse et dans les
forêts de l'Allemagne. Mais il nous faut
des hommes comme les Zwingle, les
Calvin et les Luther, qui ne tremblent
point devant les Princes de ce monde.
Sois comme eux, Alamontade, et Dieu
sera ton protecteur.

CHAPITRE XXX.

J'espère que vous n'êtes point hérétique? me demanda un jour le Maréchal de Montreval avec un regard perçant, pendant que lui parlais encore en faveur des protestans... Il me refusa ma demande, et devint depuis ce temps-là plus réservé à mon égard.

J'étais convaincu que, dans de telles conjonctures, je ne pouvais faire, d'un côté, que très peu de bien, tandis que de l'autre ma présence à Nîmes, mon emploi et la fausse idée qu'on se faisait de mon influence, finiraient tôt ou tard par devenir funestes aux partisans de Calvin, qui s'en reposaient sur moi avec une excessive confiance; ce qui me fit prendre le parti de donner ma démission. Ce ne fut que madame de Sonnes et Clémentine qui me retinrent encore pendant l'hiver. Le Maréchal était à Montpellier, et son absence me rendait à la vérité plus heureux, mais les protestans n'en concevaient toujours que plus d'audace.

C'était le dimanche des Rameaux de l'année 1703. Le Maréchal, qui depuis peu était de retour de Montpellier, m'avait invité à un grand festin qu'il donnait dans son château. Je me trouvais ce jour-là indisposé, mais cependant je me proposais de me rendre à son invitation.

— Et demain je donnerai ma démission, disais-je le matin à Clémentine en souriant; que la maman en dise ce

qu'elle voudra, demain je me retire, et
alors Clémentine...

— Et alors... ? me demanda-t-elle.

— Alors il ne faut pas que notre
mariage soit plus long-temps retar-
dé. Nous pouvons bien maintenant
nous réjouir sans blesser les bienséances , puisque aujourd'hui tu as
quitté tes noirs habits de deuil ;
ainsi dans huit jours tu seras ma
femme.

Elle rougit, et me dit doucement
à l'oreille : — Dans huit jours ! Et elle
posa sa tête sur mon sein.

— Et alors... continuai-je , alors nous
partons de ce triste Nîmes pour aller à
notre nouvelle maison de campagne
près de Montpellier. Voici que le printemps arrive avec toute sa parure ;
c'est aux champs, dans toute la liberté
de la nature, que nous devons le
passer.

Telle fut notre résolution. Un baiser en fut le sceau.

Dans ce moment on vint me dire que quelqu'un me demandait. C'était mon oncle, M. Étienne. Il me pria de passer dans ma chambre, parcequ'il avait quelque chose à me dire en particulier.

—Colas, me dit-il, c'est aujourd'hui le jour des Rameaux ; il faut que tu viennes avec moi.

— C'est impossible, lui répondis-je, je suis invité à dîner chez le Maréchal.

— Et moi, dit-il d'un ton solennel, et moi, je t'invite à venir t'asseoir à la sainte table... Aucun grand du monde n'y sera avec nous ; mais nous sommes rassemblés au nom de Jésus, et il sera parmi nous. Nous tous, c'est-à-dire quelques centaines de personnes, femmes et enfans, nous célébrons ce matin la sainte Cène dans mon moulin derrière la porte des Carmelites.

Je fus effrayé.

—Quelle témérité! m'écriai-je : ne savez-vous pas que le Maréchal est à Nîmes?

—Nous le savons, mais le Dieu tout-puissant y est aussi!

—Voulez-vous donc à toute force vous faire précipiter dans la misère et dans les cachots? La loi défend sévèrement toute réunion de cette espèce. Il y va de la vie.

—Quelle loi? la loi du Roi mortel? Tu dois obéir plutôt à Dieu qu'aux hommes.

C'est ainsi que mon oncle avait une sentence de la Bible à opposer à chacune de mes objections. Plus j'étais convaincu de la réprobation et du danger de pareilles assemblées, plus je cherchais à lui faire craindre les suites possibles d'une semblable action, plus le zèle de mon oncle s'échauffait.

— Lorsque Jésus fut trahi, s'écria-t-il, et que le traître était auprès de lui, et qu'il savait qu'on allait le saisir, souviens-toi, Colas, souviens-toi que ce fut alors, au milieu des horreurs d'une mort certaine, qu'il institua le saint sacrement de la Communion... Et nous tremblerions, nous qui voulons être les disciples de Jésus! non, jamais; quand tout l'enfer se présenterait devant nous sous les armes, il ne nous ferait pas peur!

Rien ne fut capable de changer la résolution de mon oncle. Il m'appela apostat, hypocrite, papiste, et me quitta plein de rage.

Je retournai auprès de Clémentine. Elle avait vu mon oncle, et sa douleur peinte sur tous ses traits. Elle m'en demanda la cause; je n'osai les lui décou-

vrir. Ma frayeur et mes inquiétudes se
dissipèrent insensiblement au milieu de
ses innocentes caresses. Elle me fit part
du consentement de sa mère à tous
mes désirs ; ce qui acheva de m'égayer.
Appuyé sur le sein de Clémentine, je
rêvais au bonheur de mon paisible
avenir. Dérobé au tumulte du monde
et au tourbillon des passions humaines,
je voulais, au sein de la solitude, dans
les bras de ma jeune épouse, au milieu de la nature florissante, ne vivre
que pour l'amour, l'amitié et les
sciences.

Que nous étions heureux dans ces
momens ! O Clémentine, disais-je, pour
faire le bonheur des autres il n'est pas
besoin d'un trône, la volonté suffit.
Nous pouvons être grands même dans
une petite sphère d'activité de la plus
mince apparence. Nous irons visiter
ensemble les cabanes des pauvres. Je

défendrai comme autrefois l'innocence
méconnue, et ton baiser sera ma récompense lorsque j'aurai fait une bonne
action. Notre bibliothèque sera pour
notre esprit une source inépuisable de
richesses, et le soir, parmi les ombres
de la forêt, de la forêt qui nous appartient, nos harpes retentiront du
bonheur paisible de deux âmes qui
s'aiment. Les indigens seront admis à
notre table, et les êtres que nous au-
rons soulagés feront notre société. Ah,
Clémentine! nous n'envierons plus à
personne la froide magnificence de ces
palais. Et un jour... ô Clémentine!...
la seule pensée m'en fait frissonner
de ravissement... un jour, Clémentine, tu seras mère... *mère!* ô Clémentine!... Ses baisers ardens inter-
rompirent mes paroles, mais non le
vol de mon rêve. Elle me serrait
tendrement dans ses bras, elle me

pressait contre son cœur ; tous deux nous tremblions à l'idée de notre bonheur.

Dans ce moment mon domestique entra, pâle comme un mort et tout essoufflé.

— Qu'as-tu ? lui demandai-je.

— Monsieur, me dit-il d'une voix entrecoupée, les Calvinistes célèbrent devant la porte des Carmelites, dans le moulin de M. Étienne, une cérémonie défendue...

Une violente frayeur me saisit. Ils sont donc découverts.

— Et après ? m'écriai-je.

— Le moulin est cerné par un détachement de dragons. Tous y sont pris. Pensez donc, M. le Maréchal de Montreval y est en personne : le prédicant et d'autres encore de ces hérétiques enfermés ont voulu fuir et se sauver en sautant par les fenêtres, mais le

Maréchal a fait un signe, et les dragons ont fait feu.

— Ont fait feu! m'écriai-je; y a-t-il eu quelqu'un de tué?

—Quatre d'entre eux sont restés morts sur la place, répondit le domestique.

Sans faire plus de questions, je prends ma canne et mon chapeau. Clémentine pleurait et tremblait; elle ne voulait pas me laisser aller; elle était pâle; elle perdit l'usage de la parole, et, saisie d'une muette anxiété, elle se jette, elle s'attache à mon cou.

Madame de Sonnes paraît. Je lui raconte l'évènement terrible, je lui communique ma résolution de me rendre sur le lieu de la scène pour disposer le Maréchal à l'indulgence. Elle approuve ma résolution; elle-même m'engage à y voler sur-le-champ, et elle cherche par de douces paroles à tranquilliser Clémentine.

Je partais; je jette de la porte un
dernier regard sur Clémentine; elle
était assise, pâle et tremblante, sur les
genoux de sa mère; je reviens sur mes
pas, je baise une fois encore ses lèvres
mortes, et je m'éloigne à la hâte.

CHAPITRE XXXI.

J'arrive devant la porte des Carmelites ; je fends avec impétuosité la foule du peuple qu'une ardente curiosité y précipitait et qui assistait, bouche béante, à ce sanglant spectacle, dans une attente mêlée d'horreur et de joie, tête contre tête.

Je fus glacé de terreur en voyant par-dessus la foule sortir les armes brillantes des dragons qui cernaient sur trois rangs le moulin de mon malheureux oncle. Par-dessus tous les autres, j'aperçus sur son cheval, et entouré de plusieurs nobles, le maréchal de Montreval, sérieux et pensif.

— Monseigneur ! m'écriai-je, dès que je l'eus atteint.

Il se tourna, me regarda, et me montra le moulin avec son bâton de Maréchal ; il me dit, sans changer de figure : —Les misérables ! les voilà donc enfin surpris.

— Que pensez-vous faire, Monseigneur ? lui demandai-je.

— C'est à quoi je pense depuis un quart d'heure, répondit-il.

— O Monseigneur, m'écriai-je, il est vrai, ces hommes aveuglés ont violé la loi ; mais en vérité ils sont plus dignes de votre mépris que de votre courroux. Soyez généreux, Monseigneur, et vous verrez ces malheureux, honteux de leur égarement, plein du repentir de leur faute, venir tomber à vos genoux, et jamais...

— Que dites-vous ? interrompit le

Maréchal : ces hommes sont incor-
rigibles ; ce sont des rebelles, des rebelles furieux, téméraires. Dois-je laisser
croître cette mauvaise herbe jusqu'à
ce qu'elle soit en état de faire une
seconde *Michelade ?* (1).

— Non, Monseigneur, lui dis-je.
Et je saisis en suppliant la main du
Maréchal. Vous êtes trop juste pour
mettre sur le compte de ces malheureux des horreurs commises depuis
un siècle et demi.

— Il est temps de donner un exemple sévère, dit le Maréchal, qui jusque
là avait paru indécis. Il retira sa main,
fit faire à son cheval quelques pas en
avant sans prendre garde à moi, et

---

(1) Les Protestans de Nîmes, dans leur fureur fanatique, avaient massacré, la nuit de la Saint-Michel, le
30 septembre 1587, trente Magistrats, Chanoines et
Moines ; de là le nom de *Michelade*, donné à cette nuit
meurtrière.

cria à haute voix : Livrez le moulin
aux flammes.

— Éperdu, à demi mort, je cours
après lui ; je saisis les rênes de son
cheval. Grâce, m'écriai-je, grâce, au
nom de Dieu !

— Retirez-vous, s'écria-t-il en me
lançant un regard terrible et agitant
son bâton comme s'il voulait me frapper. Je lâche son cheval, et tombant à
genoux devant ce Satan froid et
inexorable, je crie : Grâce, grâce !

J'entendais déjà le bruit et l'éclat
des flammes ; je voyais les noirs tour-
billons d'une épaisse fumée se rouler
comme de [sombres nuages sur les
toits du moulin ; les cris étouffés des
mourans venaient frapper mon oreille.

Je me relevai, et j'embrassai encore
les genoux du Maréchal. Dieu seul sait
ce que je lui dis, et les prières que je
lui adressai dans les transports de

ma douleur ; mais il ne m'entendit
pas. Cet homme avait dépouillé tout
sentiment d'humanité ; le tigre pieux
ne voyait plus que le moulin en flammes.

Bientôt ma voix se perdit au milieu
du tumulte sauvage qui régnait autour
de moi, au milieu des cris plaintifs de
ces victimes dévouées à la mort, au
milieu du tonnerre des coups de fusil.
Tous ceux qui cherchaient à échapper
aux flammes tombaient sous les coups
des dragons.

Ce fut alors que je me relevai, et que
je me précipitai vers le moulin. Dans
ce moment une fille se jetait par une
fenêtre ; je la saisis dans sa chute. C'é-
tait Antonie, la fille cadette de mon
oncle.

Tu es sauvée, Antonie, lui dis-je en
portant cette pauvre créature à travers
la fumée et les coups de fusil, et j'arri-

rivai, sans le savoir, auprès du Maréchal.

— Le chien ! s'écria le Maréchal, ne
l'ai-je pas toujours dit qu'il était leur
partisan ?... Je ne savais pas qu'il parlait de moi.

— Tuez-la donc ! s'écria-t-il plein de
rage.... Et deux dragons arrachèrent de
mes bras Antonie évanouie, l'étendi-
rent à terre, et ces valets de bourreau
massacrèrent à mes pieds cette innocente créature.

— C'est bien fait pour ces hérétiques
impies ! disait tranquillement le Maréchal, qui était derrière moi.

— Monstre abominable ! comment
peux-tu justifier cette action devant
ton Rôi et le nôtre, devant ton Dieu
et le nôtre ? lui criai-je écumant de
rage.

Il poussa sur moi son cheval, me
donna un coup de son bâton sur la

tête et me renversa. Je crus, dans mon
étourdissement, qu'il avait donné ordre
de me tuer ; je me relève, je saisis le
fusil d'un dragon pour défendre ma
vie. Personne n'osa m'approcher, malgré les ordres du Maréchal, qui cria,
à plusieurs reprises :

—Qu'on le saisisse ! qu'on le saisisse !

En regardant autour de moi d'un
air farouche, je vis... ô spectacle d'horreur !... je vis sur le cadavre d'Antonie,
mon oncle, M. Étienne, la tête cou-
verte de sang ; je ne le reconnaissais
plus qu'à son corps et à sa mise. Il
poussa un cri horrible, et tomba percé
de coups de fusil sur le corps de son
enfant le plus chéri.

Je voulais parler au Maréchal ; mais
ma langue était glacée. Tout ce que je
pus faire fut de lever mes yeux au
ciel et mon bras armé du fusil ; au
même instant je me sentis frappé, et

tombai à terre dans une sourde insen-
sibilité.

Jusque là j'avais conservé ma croyance à l'humanité ; jusque là je pouvais
m'abandonner à elle avec une aveugle
confiance. Ne m'étant nourri que des
chefs-d'œuvre des plus grands esprits
de notre époque, j'aimais à me ber-
cer moi-même d'illusions flatteuses.
Sur la foi de leurs livres, je jugeais
l'humanité beaucoup plus humaine ;
je la croyais dérobée aux chaînes d'une
grossière barbarie. N'étais-je point sujet
du Monarque le plus admiré de l'univers ? la France n'appelait-elle pas le
siècle de Louis XIV son âge d'or ? Hélas !
et Montreval était gouverneur d'une
province de Louis ; et le dimanche des
Rameaux de l'année 1703 fut un jour
de cet âge d'or ! Près de deux cents
personnes furent ce jour-là brûlées
vives ou fusillées ; l'enfant même ne fut

point épargné sur le sein de sa mère!
Tous les biens des victimes furent con-
fisqués... et la cruauté de Montreval
reçut de la main même du Monarque
une couronne de lauriers!

CHAPITRE XXXII.

Lorsque je revins à moi, et que mes idées commençant à s'éclaircir, je pus reconnaître plus distinctement les objets qui m'environnaient, je me vis entre des mains étrangères, et la blessure de ma tête avait été bandée. Quelquefois, il est vrai, pendant mon étourdissement, j'avais eu le sentiment obscur et vague que quelqu'un s'occupait de moi, et que j'éprouvais des douleurs ; mais bientôt cette faible lueur qui commençait à colorer mes idées s'effaçait de nouveau, et je retombais toujours dans une obscurité où je me

perdais comme dans un profond sommeil.

— Tu peux, ma foi, tu peux te van-
ter d'avoir la vie dure, toi !... Telles furent les premières paroles que j'entendis en revenant à moi. Un vieux misérable, dégoûtant de malpropreté, était
devant moi, et me présentait un médicament.

Je ne voyais point Clémentine. Je me
trouvais dans une chambre étroite, sur
un lit grossier et dur.

— Où suis-je donc? demandai-je.

— Tu es chez moi! dit le misérable.

Je me souvins alors pour la première
fois du malheureux évènement auquel
j'étais sans doute redevable de ma présence dans ce lieu.

— Suis-je donc ton prisonnier?

— Certainement, et cela de toute
justice !... répondit mon gardien.

— Madame de Sonnes le sait-elle?

n'a-t-elle point envoyé ici ? ne puis-je
pas lui parler ?

— Connais-tu des gens ici ? Où sont-
ils ?

— Dans la rue Saint-Martin, dans la
maison Albertas.

— Tu es fou ! je connais tout *Marseille* ; il n'y a pas de rue Saint-Martin.
Tu as encore la fièvre, que je crois ;
ou peut-être ne sais-tu pas que tu es
ici à Marseille.

— A Marseille ? comment ? je suis à
Marseille ? on m'a transporté de Nîmes ?
Depuis quand suis-je ici ?

— Il peut y avoir trois semaines,
mon pauvre diable. Je crois bien que
tu peux n'en rien savoir ; jusques
hier, dans la nuit, tu n'as cessé d'a-
voir la fièvre chaude et d'être en dé-
lire. Il faut que tu aies un bon tempérament. Nous pensions t'enterrer aujourd'hui.

—Pourquoi donc suis-je à Marseille?

Sitôt que tu seras rétabli, tu endos-
seras cette camisole. La connais-tu?

— C'est la camisole des galériens!
Comment donc? mais, dis-moi... suis-je
donc...? je ne veux, je ne puis le croire...
suis-je donc condamné?

—Probablement! seulement, comme
on dit, à vingt-neuf ans de travaux
forcés.

Le misérable ne disait que trop vrai.
Aussitôt que je fus rétabli, on me donna connaissance de l'horrible jugement.
Convaincu de m'être répandu en in-
vectives et en menaces contre le maréchal de Montreval, et d'avoir attenté
à sa vie; convaincu en outre d'être un
protestant secret, et d'avoir commis,
en faveur des hérétiques, tant dans la
chancellerie que partout où mes fonc-
tions me donnaient quelque influence,
toute sorte de malversations, la Cour

m'avait condamné à la peine de vingt-
neuf ans de galères.

Je soupirai. Soutenu par le doux
sentiment de mon innocence, je mis
sans douleur la camisole des galériens.
Mes larmes ne coulèrent que sur le
sort de Clémentine. Je m'efforçai de
lui faire parvenir quelques lignes. Avec
un crayon de plomb que j'avais em-
prunté, je lui écrivis sur un morceau
de papier déchiré mes derniers adieux.
Hélas! j'étais trop pauvre pour cor-
rompre mon gardien. Il prit ma lettre,
la lut, et la déchira en riant, me disant:
— Ici, il n'y a point de poste pour
les billets doux.

On me mit la chaîne, et me conduisit, avec d'autres compagnons d'in-
fortune, au port et sur la galère qui
m'était destinée. La soirée était char-
mante. La ville déployait sa magnificence à la lueur du soleil couchant.

Le port était couvert d'une forêt de vaisseaux de toutes les nations; et, tout autour, sur cette chaîne de coteaux qui l'embrasse, brillaient, plus blanches que la neige sur un fond de sombre verdure, d'innombrables maisons de campagne : des milliers de banderolles en soie flottaient à travers les amandiers et les oliviers des bastides, nuancées de toutes les couleurs de l'arc-en-ciel. Dirigé vers l'entrée du port, l'œil s'étendait à perte de vue sur la plaine immense de l'Océan.

L'éclat de ce spectacle m'éblouit et remplit mon âme d'une profonde mélancolie. Les rivages de ma patrie ne semblaient dérouler devant moi toute leur magnificence que pour me faire sentir plus vivement toute l'étendue de ma perte. Tout autour de moi respirait le plaisir et la joie; moi seul j'étais pour toujours privé de joie; je ne voyais la fin de ma misère que sur les bords d'un tombeau encore éloigné.

Je passai la nuit sans goûter le sommeil. Le lendemain de bon matin la galère quitta le port. Lorsque le soleil s'éleva au-dessus des vagues enflammées, Marseille avait déjà disparu à mes yeux. J'étais enchaîné sur un banc où cinq autres esclaves étaient assis près de moi.

Quelle destinée! Séparé pour jamais de tous mes amis, pour jamais de tous les compagnons de ma jeunesse! et de toi, Clémentine, et de *toi* aussi!... Arraché du sein de la fortune pour venir ramer sur un banc de galère; oublié de tous les heureux, déshonoré maintenant parmi des criminels! Au lieu de la conversation ravissante de Clémentine, réduit à ne plus entendre que les imprécations et les discours obscènes de misérables voleurs, d'assassins, de

contrebandiers et de brigands; sans livres, sans nouvelles des progrès des
sciences, abandonné tout entier à moi-
même, sans espérance! Le bruit horrible de mes chaînes; voilà ce qui rem-
place aujourd'hui le charme de la musique, les accords mélodieux de la
harpe de Clémentine! Non, la mort
n'est point aussi amère que cet affreux
changement...

Et je veux le supporter! me dis-je
en moi-même. Il y a un Dieu, et mon
esprit vivra encore au-delà du tombeau! Je ne me suis pas perdu moi-même,
je reste fidèle à la vertu; et, quoique
méconnu du monde, je porte au-delà
des mers cette estime tranquille que
les âmes pures ont pour elles-mêmes.
Qu'ai-je perdu? que m'a-t-on ravi? des
biens qui n'ont jamais été ma propriété;
et ce que je souffre n'est que la douleur d'un corps qui jusqu'à ce jour

n'avait pas été accoutumé aux priva-
tions.

C'est ainsi que de jour en jour, d'année en année, mon esprit remportait
la victoire ; c'est ainsi que j'ai perdu
la plus grande moitié de ma vie dans
la solitude et l'absence de toute joie.
J'ai vieilli dans le malheur. Jamais depuis je n'ai reçu de nouvelles de ceux
qui m'avaient aimé. Je n'avais plus aucun sentiment de plaisir que lorsque
je pouvais, dans mes heures de repos,
mettre mes pensées sur des feuilles détachées, et reporter mes yeux mouillés
de larmes vers le paradis depuis si long-
temps perdu de mon enfance. Souvent,
sous le bruit monotone des rames, les
regrets faisaient renaître devant moi le
riant tableau du passé. Souvent alors
il me semblait voir Clémentine planant
sur les vagues de la mer, et, comme
un ange consolateur, m'envoyer du

courage avec son sourire. Je fixais, les
yeux pleins de larmes, le fantôme bien-
aimé, et je sentais se rouvrir toutes
les plaies de mon cœur; mais je ne
me décourageais point, et je conti-
nuais infatigablement à frapper les
vagues.

Souvent j'aurais été tenté de prendre
toutes les félicités de ma jeunesse pour
des effets de mon imagination ; mais
la triste lettre d'adieu que madame
Bertollon m'avait autrefois écrite de
son couvent me restait, je ne sais par
quel hasard. Je la conservais avec un
pieux respect. C'était le reste unique,
sacré, de tout ce que j'avais autrefois
possédé. Je la relisais souvent. Je l'ai
lue dans les mers éloignées et sur les
arides rivages de l'Afrique ; cette lettre
fut toujours pour moi une source inépuisable de consolations; je la lisais,
et, fort d'un nouveau courage, je con-

tinuais à ramer, à voguer vers le terme
toujours plus rapproché de ma vie.

Vingt-neuf années se sont ainsi écou-
lées. Où sont-elles?

Enfin la mort, mon unique ami, la
mort, que j'ai si souvent, si ardemment
appelée de mes vœux, vient briser mes
chaînes. Et vous, Monsieur, combien
je vous suis reconnaissant de votre
charité et du charme que vous avez su
répandre sur mes derniers momens.
Nos esprits sont intimement liés, peut-
être se toucheront-ils un jour de plus
près.

CHAPITRE XXXIII.

Ici l'abbé Dillon posa son cahier.
— Tel fut, dit-il, le malheureux sort
d'Alamontade jusqu'au commencement
de ses terribles souffrances! L'histoire
de son esclavage ne m'est connue que
par les feuilles qu'il écrivit dans diverses circonstances à ses momens de solitude, et qui, enveloppées dans un
sac avec une cuillère d'étain et un méchant couteau, étaient toute sa richesse.
J'ai su par le capitaine Delaubin, qui
commanda long-temps la galère, qu'A-
lamontade jouissait de l'estime, et l'on
peut dire même du respect de tous ses

compagnons d'esclavage. Il était l'ar-
bitre de tous leurs différends, et ils s'en
rapportaient à sa décision. Les officiers
même de la galère faisaient quelque cas
de lui. Non seulement on lui accordait
une liberté plus étendue qu'aux autres,
mais encore on lui donnait de temps en
temps une meilleure nourriture. Néanmoins il ne profita de cette liberté que
rarement, pour ne pas dire jamais ;
quant aux morceaux qu'on lui servait
de préférence aux autres, il les parta-
geait toujours entre les autres galériens,
sans en rien retenir pour lui-même.
Lorsqu'on lui faisait des reproches à
ce sujet, il répondait ordinairement :
—Il ne doit point y avoir de préférence
entre nous. Le bien qu'on ne procure
qu'à moi seul n'est qu'une augmenta-
tion du mal des autres. L'aumônier de
la galère essaya souvent de le convertir ;
mais il persista constamment dans son

hérésie, et ce fut là son seul défaut.
Il riait rarement; mais aussi il était
rare qu'on le trouvât triste. Il n'avait
aucune crainte de la mort. Dans les
grandes tempêtes il ramait aussi tranquillement que dans le plus beau temps;
et lorsque dans une action les boulets
pleuvaient sur le vaisseau, et que le
danger était au comble, il ne se bais-
sait seulement pas : aussi plusieurs le
regardaient comme fou, d'autres le
croyaient impénétrable aux boulets.
On jugeait généralement qu'il devait
être d'une bonne famille; et quand ses
connaissances n'auraient point trahi sa
naissance, l'ordre et la propreté qui régnaient sur ses grossiers vêtemens de ga-
lérien l'auraient fait soupçonner. Lorsque, dans la dernière affaire avec les
corsaires, un boulet lui eut emporté le
bras, il dit avec un grand sang-froid :
Pourquoi pas un peu plus haut ? Et il

se laissa amputer le bras sans pousser un soupir. Lorsqu'on l'emmena de la galère, tous les galériens regrettèrent sa perte, et quelques uns de ces demi-sauvages pleurèrent comme des enfans.

Voilà, ajouta Dillon, tout ce que j'ai pu apprendre du capitaine Delaubin sur notre Alamontade. Partout il se montra fidèle à son caractère; toujours il fut le grand, le vertueux, le mâle patient, qui, d'un esprit indépendant et l'œil fixé sur Dieu, traversait tranquillement les orages de sa vie. On le trouve encore le même lorsqu'on parcourt ses propres écrits, qui, par un séduisant mélange de sagacité et d'imagination, charment et transportent, malgré lui, le lecteur. Je vous les communiquerai plus tard.

Nous nous tûmes. Nos âmes étaient trop occupées du malheur de cet homme vertueux.

— Cruauté inouïe ! s'écria Rodéric ;
condamner un tel homme aux galères
sans l'entendre, sans lui permettre de
se justifier ! l'histoire des peuples civi-
lisés n'en offre plus d'exemple.

— Hélas ! elle n'en offre malheureusement que trop encore ! répondit l'abbé
Dillon : qui ne connaît point le martyr
de l'amour filial, le bon *Fabre* de Gan-
ges, qui s'offrit à l'intendant de Montpellier pour subir la peine des galères
à la place de son vieux père qui y avait
été condamné ? L'Intendant n'accepta-
t-il pas l'échange ? *Fabre* ne fut-il pas
obligé de partir pour les galères, où
il vécut jusqu'à ce que son action
héroïque étant connue à Paris, quelques âmes charitables implorèrent sa
liberté ? *Fabre* ne vit-il pas encore aujourd'hui dans les Cevennes au sein de
l'indigence (1), pendant qu'il est chanté

(1) En 1787.

et applaudi comme un héros sur les théâtres de Paris(1)? Alamontade a bien raison. Nous vivons encore aujourd'hui dans un siècle de barbarie. La vertu n'est admirée que sur la scène et dans les romans; dans le monde réel on la méprise.

— Mais, mon cher abbé, lui dis-je, nous voudrions savoir encore une chose. Clémentine de Sonnes vint-elle à Marseille? Quel dut être le bonheur de notre Alamontade en revoyant cet être chéri après une si longue séparation!

(2) Le drame est intitulé : *L'honnête criminel.*

CHAPITRE XXXIV.

Lorsque je lui communiquai la nouvelle, continua Dillon, que Clémentine, dès qu'elle avait appris qu'il vivait encore et qu'il était à Marseille, avait formé le projet de venir le voir, il fut profondément ému. Il garda long-temps le silence. — Elle ne m'a donc point oublié! s'écria-t-il enfin avec attendrissement. Je ne souhaite maintenant que de pouvoir vivre assez long-temps pour la voir une fois encore. O Clémentine! ce n'est peut-être qu'une fiction, mais peut-être aussi le grand auteur de la nature prend-il en considération les plus nobles de nos sentimens. Nous connaissons si peu la nature de l'univers! De même que nous voyons dans l'ordre physique les parties qui ont de l'affinité entre elles se rencontrer et s'attirer réciproquement, de même, peut-être, se retrouvent aussi les âmes qui se touchent par une espèce de parenté. Alors, Clémentine, alors je ne t'ai point quittée pour toujours, alors mon esprit t'embrassera un jour d'une étreinte fraternelle dans des sphères étrangères. Immortel lui-même, l'amour accompagne l'esprit immortel à travers les champs de l'éternité; et c'est Dieu qui habite dans cette éternité triomphante.

Revoir sa Clémentine paraissait à l'aimable patient la plus belle réparation de toutes ses souffrances passées. Il attendait, il espérait son arrivée avec un désir ardent; mais celui qui, avec tant de vertu, reçut si peu de joie en partage, ne devait pas non plus jouir de ce bonheur.

Il mourut. On vint un matin de fort bonne heure m'appeler pour me rendre chez lui. Lorsque j'y arrivai, il n'était déjà plus. Sur sa figure pâle nageait encore un tendre sourire ; il paraissait s'être assoupi dans la pensée de Clémentine, pour se réveiller dans une vie plus heureuse. Je me mis à genoux aux pieds de son lit, les yeux baignés de larmes, et je fus inconsolable comme on l'est à la mort d'un père.

Un jour plus tard, lorsque déjà ses dépouilles avaient été rendues à la terre, Clémentine arriva. Elle était très malade, et son médecin l'accompagnait dans sa voiture. Elle fut obligée de se remettre au lit à l'instant même. Elle me fit appeler. Elle était faible et maigre ; mais, quelque changée, quelque méconnaissable qu'elle fût alors, elle avait encore conservé des traces de sa beauté passée.

Lorsqu'elle apprit la mort de l'esclave chéri, elle leva au ciel ses mains affaiblies avec un regard languissant, sans proférer une parole. Je lui montrai le portrait d'Alamontade; elle le baisa et le fit copier pour elle. Il fallut aussi que je lui cédasse l'héritage d'Alamontade, c'est-à-dire son couteau et sa cuillère d'étain, qui depuis lui servit toujours pour prendre ses médicamens et le peu de nourriture qui la soutenait.

Elle parlait rarement; la sérénité cependant paraissait habiter dans son âme. C'était de lui que je devais sans cesse l'entretenir. Ses yeux ne se détachèrent du portrait d'Alamontade que lorsqu'ils s'éteignirent dans la mort.

La souffrante fut enterrée, d'après

ses ordres exprès, à côté de son ami, auquel elle resta fidèle jusqu'à la fin de ses jours, et qu'elle avait cru mort depuis long-temps, trompée par de fausses nouvelles.

Il y a déjà plus de cinquante ans que tout cela se passait; mais le souvenir d'Alamontade m'est encore aussi présent, aussi sacré qu'alors.

Vivons, mes chers amis, vivons comme Alamontade! Sachons comme lui reconnaître que l'indépendance de notre esprit, cette indépendance qui le soustrait au pouvoir des choses périssables, est sa véritable destination; et dans les momens de tentation sauvons sa dignité chancelante par un regard vers l'éternité, et cette pensée encourageante : sois pur comme Dieu!

La doctrine d'Alamontade me retira du tortueux labyrinthe du doute, et sut , par des liens plus nobles, m'at-

—

ŒUVRES COMPLÈTES

DE

SIR WALTER SCOTT,

AVEC PRÉFACES, NOTES, ET NOTICES,

TRADUCTION DE M. DEFAUCONPRET,

FAITE EN ANGLETERRE,

SUR LES MANUSCRITS DE L'AUTEUR,

POUR LA NOUVELLE ÉDITION QUI VA PARAÎTRE A LONDRES.

80 VOLUMES FORMAT PETIT IN-12,

Sur papier vélin satiné, ornés de 200 gravures,

Exécutées d'après les dessins de MM. ALEXANDRE DESENNE, EUGÈNE LAMI,
ALFRED et TONY JOHANNOT.

ŒUVRES COMPLÈTES

DE

J. FENIMORE COOPER,

TRADUCTION DE M. DEFAUCONPRET.

30 VOLUMES FORMAT PETIT IN-12,

Sur papier vélin satiné, ornés de 70 gravures,

Dessinées par MM. ALFRED et TONY JOHANNOT.

CONDITIONS DE LA SOUSCRIPTION.

Les Œuvres de Sir WALTER SCOTT et de COOPER paraissent par livraisons de vingt jours en vingt jours.

Chaque livraison du WALTER SCOTT se compose de cinq volumes et d'un atlas renfermant ordinairement de onze à douze planches tirées sur beau papier vélin. Le prix est de 20 f.

Chaque livraison de COOPER se compose de trois volumes et d'un atlas renfermant sept planches tirées sur papier vélin. Le prix est de 12 f.

Les personnes qui souscriront *aux deux collections* recevront *gratis* la seizième livraison du WALTER SCOTT et la dixième du COOPER.

On souscrit sans rien payer d'avance.